訳文庫

夜間飛行

サン=テグジュペリ

二木麻里訳

kobunsha classics

光文社

Title : VOL DE NUIT
1931
Author : Antoine de Saint-Exupéry

目次

ポテーズ25型機
『夜間飛行』が書かれた当時、南米で郵便機として使われていた機種のひとつ。２人乗りの小型機で、前方の操縦席にパイロットが乗り、わずかな計器と勘をたよりに空を飛んだ。後部席には、必要に応じて無線通信士や整備士などが同乗した。コクピットは無蓋で、飛行中はエンジン音や風の音が大きいため、パイロットと同乗者はおもに筆談でやりとりをおこなう。
写真はサン゠テグジュペリの同僚アンリ・ギヨメが実際に操縦していた機体。後方はアンデス山脈。1930年撮影。

ブラジル
リオデジャネイロ
パラグアイ
アスンシオン
アンデス山脈
南太平洋
フロリアノポリス
ポルトアレグレ
メンドーサ
サンティアゴ
トゥプンガト峰
ウルグアイ
ブエノスアイレス
モンテビデオ
アルゼンチン
チリ
バイアブランカ
南大西洋
サンアントニオ
（サンアントニオ・オエステ）
南緯40°
トレレウ
パタゴニア地方
コモドロ・リバダビア
サンフリアン
（プェルト・サンフリアン）
マゼラン海峡
フエゴ島
ホーン岬
ドレーク海峡
『夜間飛行』の舞台
（南米大陸）

夜間飛行

ディディエ・ドーラ氏に

1章

夕暮れの黄金の光のなかで、飛行機の下につらなる丘にはすでに長い陰影が彫り込まれていた。平野は光に満たされ始めていた、それも色褪《あ》せない光に。冬がすぎても名残りの雪が消え残っているように、この国では、見渡すかぎりの平原に黄昏《たそがれ》の金色の光がいつまでも残っている。

パイロットのファビアンは、南半球のさいはての地からブエノスアイレスへ戻ろうと、パタゴニア地方の郵便物を積んだ飛行機を操縦していた。宵闇が近づいている。船を迎える港の水面《みなも》と、おなじ気配が空にはあった。その静謐《せいひつ》さと、澄んだ雲が描くかろやかな波紋とが、近づく宵を告げるのだ。ファビアンは広びろとした、どこまでも幸福な停泊地にさしかかりつつあった。

これほどの静けさのなかにあるのだから、羊飼いのようにのどかな散歩をしていると考えることもできたろう。パタゴニアの羊飼いは、羊の群れからべつの群れへ、悠然とした足どりでおもむく。ファビアンも、ひとつの街からべつの街へとおもむくのだから、いわば街を渡り歩く牧人なのだ。ほんの二時間も飛ぶと、川辺ににじり寄って水を飲んでいるようにみえる街や、平原のなかで草を食《は》む羊さながらの街にめぐり合う。

ときには大海原よりさらに人気《ひとけ》のない草原を一〇〇キロも飛んだあとで、ぽつんとうち棄《す》てられた農家の上空を通りすぎることがある。大草原の草のうねりのなかで、家は人間の生のいとなみを乗せて背後に運び去る船にみえ、ファビアンは翼で挨拶を送るのだった。

「サンフリアン市が見えてきた。当機はあと一〇分で着陸予定」

ファビアンのうしろに搭乗している無線通信士が、航路上の全無線局にそう打電した。マゼラン海峡からブエノスアイレスまで二五〇〇キロにわたるこの航路には、おなじような中継飛行場がおなじような間隔でつらなっている。だが今回のサンフリアンは、そのさきに夜がひろがる境界域にあった。アフリカで神秘の土地の入り口にあたる、いちばん奥地の村のようなものだった。

通信士が、後部座席からパイロットに筆談の紙片を手渡した。

「雷雲が厚い。こちらのレシーバーは放電音しか拾いません。サンフリアンに着陸したら、今夜はあそこで泊まることにしませんか？」

ファビアンは微笑した。空は金魚鉢の水のようになめらかで、このさきの中継地はどこもそろって「快晴、無風」と伝えていたのである。こう返事を書いた。

「もっとさきまで飛ぼう」

だが通信士は、どこかに雷雲が居座っていると思うのだ。ひとつの果物に何匹も虫が巣くっているように、美しくなりそうな夜もじつは蝕《むしば》まれていく。腐敗が待つその翳《かげ》りのなかに、入り込んでいくのがいやだった。

サンフリアンに着陸しようとエンジンの回転数を落としながら、ファビアンは疲労感に襲われた。ひとの暮らしにぬくもりを添えるなにもかもが、自分にむけて迫ってくる。人びとが暮らす家、いきつけのカフェ、いつもの散歩道の木立ち。彼は、征服した宵闇のなかに立つ覇者に似ていた。みずからの帝国の領土に思いをはせ、そこに人びとのささやかな幸福を見出す征服者である。いまは武装を解いて、ものうい気だるさや、体のふしぶしの痛みを心ゆくまで感じる必要があった。みじめさのなかにあってなお、ひとは豊かでいられるからだ。ひとりの素朴な人間としてここに住み、窓の外に、もう二度と目の前から飛び去ることのない景色を眺めてみたいと思った。それがこのつつましい村であろうとも、自分はありのままに受け入れることができるだろう。ひとは一度なにかを選び取ってしまいさえすれば、自己の人生の偶然性に満ち足りて、それを愛することができる。偶然は愛のようにひとを束縛する。ファビアンは末永くここで暮らし、永遠のなかから自分の取り分を得ようと望むこともできたろう。ほんのひとときを過ごしたちいさな街で、古びた壁のなかに囲まれた庭を通っただけでも、庭は自分の命とかかわりなく永遠につづくもののようにみえる。いま村は二人の乗員にむけてせり上がり、その眼前にみずからをひらいていた。友情、優しい娘たち、白いテーブルクロスのかかったなつかしい食卓、ゆるやかに永遠の時をかたちづくるそれらすべてにファビアンは思いをはせた。村はもう翼のすぐかたわらを流れていて、閉ざされた庭の神秘も、いまは壁に護《まも》られることなく見渡せる。だが着陸してみるとファビアンは、自分がほとんどなにも眼にしてはいなかったことに気づくのだった。そのまなざしに映ったものはただ、村の石壁のあいだを行き来するいくつかの人影の緩慢な動きにすぎなかった。この村はじっと動かないまま、その情熱を秘めつづけている。村は優しさを与えることを拒んでいるのだ。その優しさを手に入れようと望むなら、ファビアンは飛ぶという行動を断念するしかなかったろう。

一〇分の寄航時間がすぎて、ファビアンはふたたび離陸しなければならなかった。機上からサンフリアンをふり返ってみる。そこはもうひと握りの光でしかなく、つらなる星の光に変わり、空中の塵《ちり》になって消え、やがて心のなかにだけ残った。

「もう計器盤が見えなくなった。灯《あか》りをつけよう」

そう思ってスイッチを入れはしたものの、操縦席の赤ランプはどれも計器の指針にむけて、まだひどく薄まった光しか投げかけない。夕暮れの青い光のなかで灯りはほとんど色づかなかった。ファビアンは計器盤の前に指をかざしてみたが、その指もほとんど染まらない。

「まだ早すぎたな」

それでも夜は暗い煙のように立ち昇ってきて、すでに谷間を満たしていた。もはや平野との見分けもつかない。村々にはすでに灯火がともされて、その明かりが星座のようにまたたきを交わしている。ファビアンもまた、機体のポジションライトをまたたかせて村々にこたえるのだった。いまや大地は光の呼びかけに満ちている。どの家も海にむかって回転する灯台の灯のように、広大な夜にむかってみずからの星をともしていく。ひとの生を支えるいっさいが、すでに煌《きら》めいていた。夜にすべり込んでいくこのありさまが、停泊地にすべり込むときのようにゆるやかで美しいことに、ファビアンは感嘆した。

彼は操縦席の内側にかがみ込むと計器類を調べ始めた。針に塗られたラジウム塗料が輝き始めている。ひとつひとつの数値を確認し、満足した。機が中空にしっかりと腰をすえていることがわかったからである。機体の鋼鉄製の梁《はり》に軽く触れると、金属の内部に命の流れが感じられた。金属はただ震動していたのではない、生きていたのだ。五〇〇馬力のエンジンが物質のなかに優しい流れを生み出して、機体の冷ややかな硬さをビロードの肉肌へと変容させる。いまもまた、ファビアンはめまいも酔いも感じはせずに、ただ生きている機体のはたらきの神秘を感じるのだった。

いま彼は飛ぶというひとつの世界にしっかりと組み入れられて、そこで悠然と寛《くつろ》ぐために両肘を席の左右にもたせかけた。

配電盤をそっとたたいて、スイッチのすべてにひとつずつ触れる。すこし体を動かして座席にゆったりともたれ、うつろいやすい夜に支えられている五トンの金属の震動がいちばんよく感じとれる位置を探した。ついで手探りで非常灯のある位置を確かめて、一度指を離してから、ふたたびさわった。非常灯の感触を確認し、またレバー類をそれぞれ軽くたたく。確実に動かせることを確かめて、暗闇の世界にそなえて指を訓練しておくのである。指がよく慣れるとランプをひとつともして、精密な機器でつくられた機内を彩った。飛行機が、潜航するように夜のなかへと分け入っていくのを、計器の文字盤の上だけでじっと見守る。なにも揺れず、がたつくことも震えることもない。ジャイロスコープも高度計も、エンジンの回転数も落ちついている。ファビアンは軽く伸びをして、革ばりの背もたれにうなじをあずけた。飛ぶうちに湧いてくる、あの深い瞑想《めいそう》がひとりでに心のなかを流れ始めた。ひとはそのうちで、いわくいいがたい希望を味わうのだった。

いま、夜のしじまに目覚めている夜警のように、夜が人間の真の姿をあらわにすることに気づく。夜はひとの呼びかけ、その光、その憂いを見せるのだ。闇のなかにある素朴な星。それは人里離れた一軒の家だ。星のひとつが消えた。それは愛のいとなみの上で閉ざされる家なのだ。

あるいはものうい思いに閉ざされる家。それは外の世界にむけて合図を送ることをやめたのだ。ランプを前にテーブルに肘をついた農夫たちは、みずからの望みを知ることはない。なぜなら、自分を閉じ込めている広大な夜のなかで、その望みがこれほど遠い空まで届いていることに気づいていないのだから。だがファビアンは気づいていた。一〇〇〇キロもの距離を飛び、巨大な波の深いうねりに揺れて息づく機体を感じるうちに、いつか気づくようになるものだ。戦場を突っ切るように一〇回も嵐を突っ切って、そのあいまに月の光を浴びて、嵐を突破したという思いで月光を一瞬一瞬とらえるうちに、気づくようになるものなのだ。あの人びとは、家のランプが質素な食卓を照らしているとだけ思う。だが八〇キロをへだてた場所にあっても、その光の呼びかけにやはり心をうたれる。それはまるで、孤島から海にむかって絶望的に振られている光のようにみえるのだ。

2章

パタゴニアとチリとパラグアイから飛んでくる三機の郵便機は、それぞれ南と西と北の方角からこのブエノスアイレスをめざして戻ることになる。いまブエノスアイレスではこの三便の積み荷を待ち受けていた。その荷を欧州行きの便に積みかえて、夜半にヨーロッパへ送り出すためである。

三人のパイロットはそれぞれ、はしけ船のように重たげなフロントカバーを前にして、夜のあわいに溶け込んだまま、ただ飛ぶことに思いをめぐらせている。さまざまな山から下りてくる遠い村落の農夫たちのように、荒れた空や凪《な》いだ空からアルゼンチンの首都であるこの大都市をめざして、飛行士たちはまもなくゆっくりと降下してくるはずだった。

全路線に責任を負う立場のリヴィエールは、ブエノスアイレスの滑走路を行きつ戻りつしながら歩いていた。口もきかない。三機の飛行機が無事にこの場に到着するまで、リヴィエールは今日一日の心の重荷を背負ったままなのだ。それでも分刻みで手元に電信が届くにつれて、なにものかを運命の懐《ふところ》から奪還しつつある手ごたえが増す。把握できない領域がちいさくなって、パイロットたちが夜という外海から岸辺まで引き寄せられてきたと感じるのである。

雑務係がやってきて、無線室の報告を伝えた。

「チリ便から連絡です、ブエノスアイレスの市街地の灯火が視界に入ったそうです」

「よろしい」

まもなくリヴィエールの耳にも飛行機の爆音がきこえるはずだ。潮の満ち干をくり返す深い神秘をたたえた海が、ながらく腕に抱きつづけた宝物を浜辺に解き放つときのように、夜はすでに一機を解き放った。もうまもなく残りの二機も、夜の闇から取り戻すことができるだろう。

それで今日一日も締めくくりになる。疲れきったパイロットも仲間と交替して眠りにつく。だがリヴィエールだけは片時も休まない。このあとは欧州便が不安の種になるからだ。いつもそうなのだ、いつも。いまはじめて疲れというものが身にしみて、この老いた戦士は驚くのだった。こんどの三機が着いたからといって、その勝利でひとつの戦いさえも終わりを告げるわけではなく、至福に満ちた平和の時代が始まるわけでもない。リヴィエールにとっては、どこまでもつづく歩みの一歩にすぎなかった。そう思うと自分がおそろしく重い荷を、腕をかかげてえんえんと抱えつづけてきた気がした。この骨折りには休息もなく、希望もない。「年だな……」。行動あるのみの毎日にもはや生きがいを感じないなら、それは老いたということである。ついぞ考えたこともなかったその問題にとらえられ、リヴィエールは思わず息をのんだ。そのいっぽうで眼前に、もの寂しいつぶやきと共に戻ってきたのは、ながらく遠ざけてきたもろもろの優しさだった。どこか遠くにあると信じていた海のようだ。「これほど身近にあったのか?」人生を優しく彩るさまざまなことを拒んできた自分にいま気づく。そんなものは「いずれ閑《ひま》になったら」と思いつつ、老いの岸辺にむけてすこしずつ先送りにしてきたのである。まるで現実にいつかは閑暇《かんか》の身になって、人生の終着点では思いどおりの至福に満ちた平和が得られるかのようだ。だが平和などありはしない。おそらく勝利もありはしない。郵便機の全便が到着したまま、もはや二度と飛び立たない日などないからである。

リヴィエールは、老いた現場主任のルルーが作業をしているまえで立ちどまった。ルルーもやはり四〇年来、ひたすら働きづめだった。夜の一〇時に、ときには真夜中にようやく家に帰っても、家庭というもうひとつの世界が迎えてくれるわけではなく、なにひとつ気晴らしがあるわけでもない。愚直そうな顔をあげたこの相手にむかって、リヴィエールは微笑した。ルルーが飛行機の部品の青みがかった軸を見せる。「どうにもきつすぎましてね、でもはずせましたよ」。リヴィエールは軸を見ようとかがみ込んだ。ふたたび仕事に引き込まれて思う。「こんな部品はもっとなめらかに取り外せるようにしろと工場に言わなければいかんな」。こすれた痕に指を触れ、あらためてまじまじとルルーに見入った。顔に刻まれた皺《しわ》の深さが目にとまって、ふと奇妙な問いが口からすべり出た。微笑して、

「君はずいぶん恋愛もしてきたのかね、ルルー。これまでに」

「恋愛！　なんとまあ社長、ご存じでしょうに……」

「おたがい、その閑もなかったというわけだ」

「そんなとこでさ」

リヴィエールはその声の響きに苦さがあるかと耳をかたむけた。だが苦さはなかった。過ぎ去った人生をかえりみて、いましがた上質の木材にかんなをかけ終えた大工のような穏やかな満足感が響いていた。「よし、これでいい」という思いである。

「よし」とリヴィエールも思った。「わたしの人生も、これでいい」

疲労のあまりこみ上げてきたわびしさをすべて押しやって、リヴィエールは格納庫のほうへと足をむけた。チリ便のプロペラのうなりがきこえていた。

3章

遠かったエンジンの響きがすこしずつ濃くなっていく。響きが熟していく。すべての照明がともされた。格納庫も、電波塔も、四角にくぎられた着陸区域も、飛行場灯火の赤いランプに彩られる。祝祭の舞台はととのった。

「来たぞ！」

郵便機はすでに地上から照らす光のなかを旋回していた。ライトをきらきらと反射させ、真新しい機体にみえた。ようやく格納庫の前で停止して、整備工や作業員たちがいっせいに近づいてきて郵便物を降ろし始めても、パイロットのペルランは身じろぎもしない。

「どうしたんです？　なにを待ってるんです、降りないんですか」

パイロットはなにかしら神秘の任務に没頭しているかのようで、こたえはなかった。おそらく、まだ体のなかに鳴りひびくさまざまな飛行音を聴いていたのだろう。ゆっくりと頭を振ると前にかがんで、眼に見えないなにかを操作しているようだ。それからようやく上司や同僚たちのほうをふりむいて、彼らが自分の持ち物であるかのように重々しく吟味するのだった。まるで人数を数え、重さと寸法をきっちりと計っているようにみえた。そのすべてを自分はみごとに手に入れた。さらには祝祭に輝く格納庫を、堅牢なセメント塗りの壁を、かなたの活気に満ちた街とそこに生きる女たちを、その熱気を、勝ちとったのだと考えていたかのようである。ペルランは、人びとが自分の家臣であるかのように大きな腕のなかに抱えていた。当然だ、手に触れることも声を聞くことも、侮蔑《ぶべつ》することもできるのだから。まず頭にうかんだのは侮蔑だった。あたりまえに生を享受し、月を愛でている人びとのこの安穏さときたら。とはいえペルランはひとがよく、こう口にしただけだった。

「一杯おごってもらわなきゃ！」

そして機を降りた。

いましがたのフライトを、誰かに聞かせたい思いがつのる。

「いやもう、見せたかったよ」
とはいえそう口にしただけで、もう満足したのかもしれない。革製の飛行服を脱ぎに行ってしまった。

ブエノスアイレスの市内にむかう車のなかで、陰気な監督官と、寡黙なリヴィエールと同乗しているうち、ペルランはわびしくなってきた。難しい局面を切り抜けてふたたび地面に降り立って、陽気に悪態をつくのはたしかに気分がいい。力強い幸福感はなんともいえない。ところがそのあと、ふとふり返れば、じつのところ自分はなにもわかっていないという不安がわいてくる。

ついさっき突発的な暴風と闘った。それはすくなくとも現実だ、まちがいはない。だが人間の姿がないと思っているときにだけ自然がみせる顔は、まったく違うものなのだ。ペルランは思った。「ひとが激昂したときの顔のようだ。かすかに蒼ざめただけなのに、おそろしく違う表情になる」

記憶をよびさまそうと集中する。

あのときアンデス山脈を越えていた。平穏だった。冬らしい雪が、のどかな山の重みを増していた。さびれた古城が何世紀もの歳月にひっそりと埋もれていく姿にも似て、冬の積雪は山塊《さんかい》に平和な姿をもたらしていた。二〇〇キロメートルにわたる山のつらなりには人影ひとつなく、命の息吹のかけらもなく、生の営為の気配すらない。そこには高度六〇〇〇メートルでようやく越えられる険しい山脈の稜線と、垂直にそそりたつ岩肌と、驚嘆するほどの静けさだけがあった。

あれはトゥプンガト峰の山頂に近づいたときだった……。

ペルランは思いをめぐらせた。そう、たしかにあそこだ、奇蹟を目にしたのは。はじめは何も見えなくて、ただ居心地の悪さがあった。ここには自分ひとりだと思い込んでいたのに、つぎの瞬間、誰かの視線を感じたときのような思いがした。そしてようやく遅ればせに気づいたのだ。よくはわからないものの、あたりに怒気が満ちていることに。ほら、まちがいない。この怒りはいったいどこからきているのか。

あの怒気が岩からにじみ出ていることを、雪からにじみ出ていることを、いったいどうして見抜くことができたのだろう。こちらに近づくものはなく、不吉な嵐が接近しているきざしなどかけらもなかったのに。だがかすかに異質な世界が、いまその場で、この世界から立ち現われつつあったのだ。いわくいいがたい緊迫感を胸に、ペルランはそれを見つめた。無垢な山頂が、その尾根が、積雪が、わずかに灰色の翳《かげ》りを濃くしながらも命をえてざわざわと動き始めている——まるで群衆のように。

抗《あらが》いようもないままに、彼は操縦桿をかたく握りしめた。およそ理解をこえたなにかが形をなしつつある。ペルランは、まさに跳躍しようとする獣のように全身の筋肉をぎゅっと緊張させた。それでも静穏でないものはなにひとつ目に映らない。そう、静穏なのだ。それでいて異様な力に満ち満ちている。

そのあと、すべてが刃先のように鋭くなった。あの尾根もこの頂きも、尖った槍《やり》先と化したのだ。海をゆく船の舳先《へさき》のように、厳しい風にむけて山が突き刺さっていくのを感じる。さらには臨戦態勢に転じた巨船の艦隊のように、操舵を切り替えて山々がこちらを包囲してくるのだ。まもなく大気のなかにわずかな粉雪が混ざり始めた。粉雪は舞い上がり、ゆるやかに漂って、薄いヴェールのように雪の山肌に添った。この状況でペルランは、万一のときの退路を確保しておこうと背後をふりむき、思わず総毛だった。いまやアンデス全山がふつふつと発酵してみえたからである。

「これはだめだ」

前方の山頂から雪が噴き上がった。雪の火山が噴火したのだ。つづいて右手の山頂からも。いまやすべての山頂がつぎつぎと、眼には見えない何者かが駆け抜けながら手で触れたかのように順に燃え上がっていく。気流の渦が巻き起こり、あたり一帯の山々が鳴動し始めたのは、まさにこのときだった。

必死の行動はのちのち記憶に残りにくい。周囲に渦巻いていたあの激烈な乱気流の記憶さえ、すでにペルランには残っていないのである。おぼえているのはただひとつ、灰色の焔《ほのお》のなかで狂ったようにあがいたことだけだった。

しみじみと思う。

「暴風雨などなんでもない。なんとか逃れる術《すべ》はある。おそろしいのはそのまえの気配だ。あんなものに遭遇することのほうだ！」

千の顔を目にしてもひとつの顔だけは忘れないことがあるように、あれほどの苦闘は忘れないだろうと思った。ところがもはやそれすらも、忘れてしまっていたのである。

4章

リヴィエールはペルランにまなざしをむけていた。あと二〇分もして車を降りたら、倦怠《けんたい》とものうい重さを漂わせて雑踏にまぎれていくだろう。そしてたぶんこう思う。「へとへとだ……。いまいましい仕事！」それに妻の前ではすなおに認めもするだろう。「アンデスの上を飛んでいるより、やっぱり家にいるほうがいいよ」。それにもかかわらず、およそ世間でかけがえがないと信じられていることがらは、ほとんど自分に縁がない気持ちになっている。そうしたものがどれほどみじめであるかが、いましがた身にしみたばかりなのだ。明かりのともるこの街にふたたび戻れるものなのか、わからないまま人生の舞台裏を、何時間かくぐり抜けてきたからである。わずらわしくてなつかしい、幼な友だちのような自分自身の弱点でさえも、ふたたび取り戻せるものなのかわからなかったことだろう。「どんな雑踏のなかにも」とリヴィエールは考えた。「めだたないが、ただならぬ使命を帯びた者がいる。自分でそうと知ることはないままに……。とはいえ」。リヴィエールはある種の賛美者たちを苦手にしていた。彼らは勇敢な旅の聖性を理解せず、ただおおげさに感嘆してみせる。そんな感嘆は旅の意味をかえって歪め、人間を卑しめることにしかならない。だがペルランは、日の光のもとにかいま見た世界の真価を誰よりもよく理解していて、世俗的な賛嘆を深い侮蔑とともにしりぞける気高さをそなえていた。リヴィエールも賞賛はした。「いったいどうやって切り抜けたのかね？」そして、鍛冶屋が鉄床《かなとこ》の話をするような素朴さで相手がフライトを語ったことを、好ましく思ったのだった。

ペルランはまず、退路が断たれたことを説明した。ほとんど言いわけのようにこう言ったのだ。「ですからほかに選択肢はなかったわけです」。そして、雪のために視界がもはやゼロだったことを告げた。だが突発的な強い気流のおかげで高度七〇〇〇メートルまで押し上げられ、命びろいをした。「山脈の上空を越えるあいだずっと、ぎりぎりの高度を保てたのだと思います」。ジャイロスコープの通気孔の位置を変えて、雪でふさがれないようにする必要がある、とも語った。「いまのままだと雪や雨水で凍りついてしまうんですよ」。そのあと、今度はべつの気流で三〇〇〇メートル付近まで急降下する状態になり、そうなるともう、なぜどこにも衝突せずにいられるのか自分でもわからなかった。だがこのときすでに山脈を越えて平野部の上空にいたのである。「いきなりそれに気づいたんです、青空のなかへ抜け出たときに」。あの瞬間、とペルランは最後に説明した。洞窟から抜け出たような気がしました。

「メンドーサも嵐だったのかね」

「いえ。あそこに着陸したときは快晴だったんです。風もありませんでした。でも嵐は僕のすぐうしろに、ぴったり追いかけてきていたんです」

というのも、と言い添えた。「やっぱり変でしたからね」。山頂は雪雲のなかに高く隠れているのに、裾野では黒い溶岩のような雲が平原の上に渦巻いている。ひとつ、またひとつ、街々がその雲に飲み込まれていくのだった。「あんな光景は見たことがありません……」。そしてなにかの記憶に、はっと胸をつかれて黙り込んだ。

リヴィエールは監督官のほうにふりむいた。

「太平洋側からの暴風雨だよ、サイクロンだ。予報が遅すぎたんだ。ああいう暴風雨がアンデス山脈を越えることなど、まずないんだがな」

あれが東側までつき抜けてくるとは、誰にも予測がつかないことだったろう。

およそ知識をもたない監督官のほうは、そうですかとうなずくばかりだった。

監督官はためらうようにペルランをふりむいた。のどぼとけがひくりと動いた。だが言葉が出ない。気をとりなおすとまっすぐに前を見つめて、日頃の陰気な威厳をとり戻した。

彼はその陰気さを荷物のように持ち歩いていた。はっきりしない用でリヴィエールから呼び出されて前日アルゼンチンに着いたあと、その大きな手も、監督官の威厳も、おさまりの悪いままだった。彼は他人の才気も想像力も賞賛するわけにはいかない。なにごともきっちりと規定どおりであることをほめる立場だったからである。同僚と飲みにいき、敬語ぬきで駄じゃれを口にすることもしにくい。それができるのはきわめてまれに、同じ飛行場でほかの監督官と遭遇したときくらいだった。

「査定する側に立つのは」と思う。「つらいものなんだ」

正確にいえば、彼は査定をしているわけではなかった。首を横に振るだけである。なにもかも知らないままでゆっくりと、目にしたものすべてに首を振るのだ。すると相手のうしろめたい心が震え上がり、設備資材はよく保たれることになるのだった。ひとに好かれたためしなど、ほぼないといっていい。監督官とは愛の歓《よろこ》びを交わすためではなく、報告書をまとめるために創られた存在だからである。新しい方策や技術的な解決を提案することもやめていた。あるときリヴィエールからの文書にこう書かれていたのである。「ロビノー監督官におかれては、詩ではなく報告書を提出されたし。監督官はその専門的能力を遺憾なく発揮して従業員の熱意を鼓舞することにつとめられたし」。以後ロビノーは日々の糧《かて》に飛びつくように、人為的ミスに飛びつくようになった。酒を飲んでいた整備工、徹夜つづきの飛行場長、着陸時に機体をバウンドさせてしまったパイロットなどである。

リヴィエールはロビノーをこう評していた。「あまり頭がいいとはいえない。だからこそ役に立つ」。リヴィエールが定めた規則はどれも、リヴィエール自身にとってはあくまで人間のつくった規則にすぎなかったのだが、ロビノーにとってはもはや厳然たる規則そのものにほかならなかった。

あるときリヴィエールは告げた。

「ロビノー、出発が遅れたときは、精勤手当ては取り消しにしてもらいたい」

「不可抗力のケースでもですか？　たとえ濃霧でも？」

「たとえ濃霧でもだ」

するど、自分は不公正のおそれもいとわない毅然《きぜん》とした人物を上司と仰いでいるという一種の誇りがロビノーの胸にわいてくる。そして自分も、どこか押しの強い態度でその威を借りることになるのだった。

「出発が六時一五分ではな」とロビノーはそののち飛行場長たちにくり返した。「精勤手当ては出せんよ」

「でもロビノーさん、五時三〇分の時点では、ほんの一〇メートル先だって見えなかったんですよ！」

「決まりは決まりだ」

「でもロビノーさん、霧を追い払えるわけじゃないんですから！」

するとロビノーは、特有の秘密めいた沈黙に閉じこもってしまう。自分は指導層の一角を占める人間だ。多くの歯車のなかでも別格なものとして、ひとを罰することで時間を遵守《じゅんしゅ》させる術《すべ》を知っているのだ。

「あの男はなにひとつ考えない」とリヴィエールは評していた。「おかげでつまらない間違いをせずにすむ」

パイロットが機体を損傷させた場合、資材保全賞与は取り消しになる。

「森の上空で故障が起きたような場合もですか？」とロビノーは訊ねた。

「森の上空でもだ」

ロビノーは言われたとおりにする。

「いや残念だな」と、ずっとのちになってもうっとりと口にするのだ。「いや、かえすがえすも残念だな、よそで故障すればよかったものを」

「でもロビノーさん、場所を選べるものじゃないんですから！」

「決まりは決まりだ」

「決まりか」とリヴィエールは思う。「決まりというものは宗教の儀式に似ている。不条理にみえても人間を鍛える」。公平にみえるか不公平にみえるかは、リヴィエールにとって問題ではなかった。おそらく公平か不公平かという言葉そのものが、彼にはなんの意味もないのだった。ささやかな街の小市民は、夕べに野外音楽堂のあたりを散策する。だがリヴィエールは思う。「彼らに対して公平、不公平と言ってもなんの意味もない。彼らは存在していないのとおなじなのだから」。リヴィエールにとって人間とは、こね上げられるべき蠟《ろう》の素材にすぎなかった。この物質に魂を与え、意志を創造しなければならない。だが峻厳《しゅんげん》さで人びとを服従させるのではない。自己の限界をうち破るよう彼らを駆りたてることが重要なのである。あらゆる遅延を罰すれば、それは不公平なことだろう。しかしすべての飛行場に、出発への意志をもちつづけるよう仕向けることになる。彼はその意志を創り上げていた。飛べない天候を、休息への誘《いざな》いであるかのように歓迎する、そんなことは誰であろうとゆるさない。ゆるさないからこそ作業を貫徹する気概が生まれ、名もない雑務係までが待機時間をひそかな屈辱と感じるようになる。鎧《よろい》の一瞬の隙《すき》さえ見のがさなくなるのだ。「北の方角に晴れ間あり、出発！」リヴィエールのおかげで一万五〇〇〇キロの航路全域にわたって、郵便輸送への崇拝がすべてに優《まさ》るものになっていた。

リヴィエールは折りにふれてこう口にした。

「この男たちは幸福だ、自分の仕事を愛しているからだ。なぜ愛しているかといえば、わたしが厳格だからだ」

おそらくは部下たちを苦しめていただろう、だが強い喜びを与えてもいたのだ。

「ひとは追い込まなければだめだ」と思っていた。「苦しみと喜びが共に待つ、強い生にむけて追い込んでやらなければだめだ。それ以外、生きるに値する人生はない」

車が市内に入ると、リヴィエールは会社の事務所に車をつけさせて降りた。ペルランと二人になったロビノーは、彼を見つめて、話しかけようと口をひらいた。

5章

この晩、ロビノーは沈んでいた。覇者であるペルランを前にしてみると、自分の人生は灰色だと気づいたのである。とりわけ、監督官という肩書きや権威にもかかわらず、自分はとなりの男より価値が低いことに思い至ったのだった。へとへとに疲れ、車の隅に体を縮めて目を閉じたまま、両手はオイルに黒くまみれたこの相手のほうが上なのだ。このときはじめてロビノーの心に賛嘆の念がわいた。それを伝えなければならないと感じた。なによりひとの友情がほしかったのだ。心は出張の疲れと、この日の失敗とで沈み込んでいた。おそらくロビノーにも、いささか自分がばかげてみえたのだろう。その日の夕方、ガソリンの在庫計算を確認していて混乱してしまったのだった。ロビノーは担当者のまちがいをあばいてやろうと思ったのに、当の担当者が、逆に気の毒がって計算を仕上げてくれた。さらにはB6型の油圧ポンプの装着法をB

4型と取りちがえて文句をつけた。その間、陰険な整備工たちは二〇分も知らん顔で放っていた。「言いわけの余地もない無知」という文句をロビノー自身のこととしてあざ笑っていたのである。

ホテルの部屋に戻ることも怖かった。トゥールーズからブエノスアイレスへ来るたびに、仕事が終わるとそのホテルに戻る。ひとりで部屋にこもり、さまざまな秘密をかかえているという思いを胸に、スーツケースから紙束を出してゆっくり「報告書」と記し、書き始めるのだが、数行したためるともう引き裂いてしまう。会社を深刻な危機から救い出したいと思うのに、会社には危機などないのである。これまでの成果といえば、プロペラの軸を錆《さび》から救い出したことくらいである。ロビノーは運航準備班の班長の眼前で、不吉そうな顔をして錆の上にゆっくりと指を這わせてみせたのだ。ただしこう言い返された。「文句はとなりの飛行場に言ってくださいよ、この機はそこから来たばかりなんですから」。ロビノーは自分の役割に疑念をいだいた。

ペルランと親しくなろうと、思いきって言ってみた。

「夕飯をいっしょにどうだろう。すこしは誰かと話もしたい。なかなかこの仕事もつらいものがあってね……」

そして、これまでとあまり落差があってもと思って言い添えた。

「なにしろ責任が重いものだから！」

部下たちは私生活でまでロビノーと接したいとは思わなかった。誰もがこう思うのだ。

「報告書に書く材料がなくて困っているにちがいない。きっとおれを餌食《えじき》にするつもりなんだ」

しかしこの晩のロビノーはみじめな思いを抱えているだけだった。しつこい湿疹が治らない自分の体、秘密といえばじつのところそれだけで、その話を聞いて同情してほしかったのである。傲慢《ごうまん》にふるまっても慰めはないとわかっている以上、謙虚になって慰めを得たかった。フランスには愛人もいる。帰国したら女を感心させたくて、そしてすこしは愛されたくて、自分が監督をした仕事の話をもちだすものの、女には嫌われている。その話も聞いてほしかった。

「それでは、いっしょに夕飯に行ってもらえるね？」

ひとのいいペルランは受け入れた。

6章

リヴィエールが入ってきたとき、ブエノスアイレスの事務所で事務員たちはうとうとと居眠りをしていた。帽子もコートもとらないリヴィエールは、いつも永遠の旅人のようにみえ、ほとんど誰にも気づかれないまま通りすぎていく。小柄な体は気配を感じさせず、白髪まじりの髪やめだたない身なりはどんな場にもすっと溶け込んでしまう。それなのに、ひとを動かす熱が漂うのだった。事務員たちはがぜん活気づき、事務長は忙しそうに最新の書類を調べ始め、タイプライターはかちゃかちゃと鳴り出した。

電話交換手は交換台にプラグを接続し、分厚い交信録に電文を書きとっていた。

リヴィエールは腰をおろして電文を読んだ。

チリ便が危機を乗りこえてくれたあとの、幸福な一日の記録だった。書類の中で、ものごとはなめらかな秩序を織りなしていて、機がたどった飛行場からそれぞれ届けられた報告が静かな勝利の証明になっていた。パタゴニア便も順調に飛んでいる。予定よりも早い航行だった。南から北へ吹く追い風が、寛容な大波のように機をあと押ししていた。

「気象報告を見せてもらおう」

晴天、雲ひとつなし、順風微風。どの飛行場も現地の天候を誇っていた。南米全域が金色の夕暮れに包まれていたのだ。リヴィエールは万物の助けを喜んだ。いまこの瞬間、どこかの空で自社の便が夜の危険に立ちむかっている。だがそこにはあらゆる幸運が満ちていた。

リヴィエールは交信録を押しやった。

「けっこう」

業務のようすを眺めておこうと部屋をあとにする。リヴィエールは、世界の半分を包むこの夜を見守る夜警なのだった。

開け放たれた窓の前で立ちどまると、夜がどのようなものか理解できた。夜はブエノスアイレスを覆い、さらに巨大な陣幕のようにアメリカ大陸をすっぽりと覆っている。その広大さを感じはしても、驚きはしない。チリのサンティアゴの空は遠い空にちがいない。だがひとたび郵便機がそこをめざして飛び立つと、ひとは航路の端から端までを深々と覆う、ひとつの広い天蓋《てんがい》のもとで生きることになるからだった。もう一機の郵便機、パタゴニア便から無線を通じて届く声をこの場所で待っているときにも、パタゴニアの漁師たちは海の上から機の灯火を眺めていることだろう。その航路を行く飛行機への不安がリヴィエールの肩にのしかかる。その不安は機が通るすべての首都と地方にまで広がって、エンジンのうなりと共にのしかかるのだった。

のびやかな夜の幸福のただなかにも、かつて飛行機が危機におちいり、救い出せないかと思えた混沌の夜を思い出す。ブエノスアイレスの無線室はざあざあと鳴る雷の放電音まじりの通信をとらえようと必死になった。だが雷電という重い岩盤に遮られ、黄金の鉱脈のような貴重な音波がとぎれてしまう。夜の奥にひそむ障害を貫こうとやみくもに射た矢のような郵便機のほそい歌に、あのときなんという孤独な絶望がにじんでいたことだろう！

夜警をつとめる監督官は、職場に詰めているべきだとリヴィエールは考えた。

「ロビノーを呼び出してくれたまえ」

いっぽうロビノーはパイロットのペルランと友人になろうと試みていた。ホテルの部屋でスーツケースを広げてみせる。そこには、監督官もおなじ人間にすぎないことを示す品物がならんでいた。悪趣味なワイシャツや洗面道具、それから貧相な女の写真が出てきて、監督官はそれを壁にピンでとめた。欲求や愛情や、断ちきれない執着を控えめに告白しているのだった。宝物を哀れにならべることで、パイロットの眼前におのれの哀れを披露する。それは心の湿疹だった。自分の牢獄を見せているのだ。

しかしあらゆる人間とおなじように、ロビノーにもささやかな希望の光があった。たいせつに包んだ小ぶりな袋をスーツケースの底から取り出すと、強い甘美の思いに満たされた。無言のまま、長いあいだ袋をとんとんと叩いてみせた。それからようやく両手をひらいて、中身を見せるとこう言った。

「これはサハラからもって帰ってきたんだ……」

監督官はこんな話をうちあけてしまったことに顔を赤くした。神秘の扉を開くこの黒ずんだような小石さえいくつかあれば、どれほどの落胆にも、失敗した結婚や灰色の現実にも、慰めを得ることができるのだ。

ますます顔を赤くして、こう言った。

「ブラジルでも、これとおなじものが見つかるんだよ……」

ペルランは、遥かなアトランティスの名残りに思いをはせている監督官の肩をたたいた。

ペルランのほうがためらうように訊ねた。

「地質学がお好きなんですね？」

「熱中していてね」

人生で、ただ石ころだけがなぐさめなのだった。

ロビノーは電話で呼び出され、がっかりした反面、威厳をとり戻した。

「行かねばならん、リヴィエールさんがお呼びなんだ。なにか重要な決定があって、わたしがいないとだめなのでね」

ところがロビノーが事務所にやってきたときには、リヴィエールは呼び出したことなど忘れていた。郵便機の航路が赤で記された壁の路線図を前に、もの思いに沈んでいる。ロビノーは指示を待った。たっぷり数分は待たせたあとで、リヴィエールはふり返りもせずにこう訊ねた。

「ロビノー、この地図をどう思う?」

夢想から、ふとわれに返ると、ときどきこういう謎をかけてくる。

「地図はですね、社長……」

監督官のほうは、じつのところなにも考えていない。だがとにかく重々しいようすで、じっと地図をにらんでみせた。ヨーロッパ大陸とアメリカ大陸をざっと観察する。いっぽうリヴィエールはひとりで瞑想にふけりつづけていた。「この路線図の表情は美しいが厳しい。多くのひとの命、それも若者の命であがなったものだからだ。成しとげられたことがらのもつ威厳をそなえて、いまここにある。だがなんと困難ばかりを突きつけてくることか!」そう思うにもかかわらず、リヴィエールをつき動かしているのは目標だけなのである。

かたわらに立ったロビノーはじっと眼前の地図を眺めたまま、すこしずつ気をとり直していった。リヴィエールからはいかなる同情も期待してはいなかった。

前に一度機会があって、やっかいな持病のために生活がだいなしだと告げてみたことがあった。するとリヴィエールは冗談まじりにこう応じたのである。「それで眠れないというなら、そのぶん活動できていいじゃないかね」

それもまんざら冗談だったわけではない。リヴィエールはいつも断言していた。「音楽家が不眠で美しい曲を書くのなら、それは美しい不眠というものだ」。あるときなど、現場主任のルルーを指さしてこう言った。「美しいものとして眺めたまえ、恋に無縁なあの醜さこそを、美しいものと呼ぶべきだから」。ルルーの偉大さはすべて、生涯仕事にうち込むしかなかったその醜さのおかげだというのである。

「君はペルランと仲がいいのか」

「そうですね……」

「いや、いかんというのじゃない」

リヴィエールはぐるっと向きなおると、うつむきかげんにちいさな歩幅で歩き始めた。うしろにはロビノーをしたがえている。かなしげな微笑が唇に浮かんでいたが、ロビノーにその意味はわからなかった。

「ただし、だ……。ただし、君は彼の上司だろう」

「はい」とロビノーはこたえた。

つまり、とリヴィエールは考えていた。空の上では夜ごとに、ひとつの行動がひとつの帰結を生む。わずかな気のゆるみも悲劇を生みかねない。いまこのときから明日にかけても、またいくつもの戦いをつづけなければならないだろう。

「立場をわきまえたまえ」

と言って、言葉をさがした。

「ことによっては明日の夜にも、危険な乗務をパイロットに指示することになるかもしれんだろう。そうしたら相手は従うしかないわけだ」

「はい……」

「君の肩にはおおぜいの命がかかっているんだ。それは君の命より重い命だ……」

ためらう気配があった。

「君の責任は重大だ」

ちいさな歩幅の歩みは止めずに、つかの間リヴィエールは沈黙した。

「友人だからという理由で相手が君に従うとしたら、それは相手に考え違いをさせたことになる。どんな犠牲であれ、君にはそれを強いる権利などないからだ」

「はい……そのとおりです」

「いっぽう、友人だからという理由で相手がなにかの重荷を免れるとしたら、それもまた考え違いをさせたことになるだろう。なんであれ従うべきだからだ。そこへ座りたまえ」

　リヴィエールは、ロビノーをそっとデスクのほうへ押した。

「君を本来の立場に戻してやろう。たとえ疲れたにせよ、君を支えるためにパイロットがいるわけじゃないんだ。君は責任者だ。責任者の弱みなど、もの笑いの種だ。さあ書きたまえ」

「あの……」

「書きたまえ。〝監督官ロビノーは、かくかくの理由でパイロットのペルランにしかじかの処罰を与えるものである〟。理由は適当に添えておきなさい」

「社長！」

「いいから、ロビノー、言われたとおりにするんだ。部下を慈《いつく》しめ。だがそれを口に出すな」

　ふたたびロビノーは、部下にせっせとプロペラの軸を磨かせるようになるだろう。

　緊急発着地の飛行場から無線が入った。

「視界に機影あり。メッセージを受信。〝エンジン回転不調、着陸する〟」

これで半時間は遅れるだろう。急行列車が線路上で立ち往生し、刻々と移り変わっていくはずの平野の風景が止まってしまったような苛立《いらだ》ちがリヴィエールをとらえた。いまは振り子時計の長針も、死んだ空白を刻んでいく。針の角度が開くにつれてものごとが進んでいくはずなのに、そうはならない。待たされる時間をまぎらわそうとリヴィエールは部屋を出た。役者のいない舞台のように、夜はがらんと空虚にみえた。「こんないい夜をむだにするのか」。空は晴れ、満天の星が煌《きら》めいている。この星々、聖なる道標。この月、浪費されたみごとな夜の金貨。それを窓から恨めしく眺めた。

だが調整を終えて機が飛び立つやいなや、リヴィエールにはこの夜がふたたび胸をうつ美しいものになった。夜がその胎《たい》に命を宿した。自分はその介添えをしているのだ。

「現地の天候は?」と交換手に訊ねさせる。

一〇秒が過ぎた。

「快晴」

やがて、郵便機が通過した都市の名がいくつか告げられた。それはこの戦いで制覇された都市の名前にほかならなかった。

7章

その一時間ほどのち、パタゴニア便に乗り込んでいた無線通信士は、機体がすうっと持ち上がる感覚を味わっていた。誰かの肩に乗って持ち上げられたようだった。あたりを見回すと、厚い雲が星の光をかき消している。地上にむかって身を乗り出した。草陰にちらつく蛍の光のような村の明かりを探したが、黒い雲の草陰にはどんな輝きも見えなかった。

通信士は不機嫌になった。これは難しい夜になると見越したのである。前進と後退をくり返し、結局は戦《いくさ》に勝って手に入れた領土の返還を強いられるのだ。パイロットの戦略がわからない。このさきに進むと、壁にぶつかるように夜の澱《よど》みにぶつかる気がしてならなかった。

そのとき前方、地平線ぎりぎりのあたりで、かすかに閃《ひらめ》くものがみとめられた。まるで鍛冶場の炉からもれてくる光のようだった。通信士は前部席のファビアンの肩に触れたが、相手は身じろぎもしなかった。

遠い雷雨の、最初の乱気流が郵便機を襲った。ゆっくり機体が持ち上がったかと思うと、金属の塊《かたまり》が通信士の体に重くのしかかり、まもなく重さ自体が消え失せて融《と》け去ってしまったように感じた。夜のただなかを数秒間ほど、通信士はひとりで空中に漂っていた。機体の鋼鉄製の梁《はり》を思わず左右の手で握りしめた。

いまやこの世に見える明かりは操縦席の赤ランプしかない。命綱もなく、ささやかな炭鉱ランプひとつを頼りに夜の懐《ふところ》へ降りていくような思いに襲われて、通信士は身震いした。ここをどう切り抜けるのかと、操縦を妨げてまでパイロットに訊ねる気力はないままに、両手で梁を握りしめ、身を乗り出して眼前のパイロットの暗いうなじを見つめていた。

薄明かりのなかに、じっと動かない頭と肩だけが浮き上がっている。その肉体はくすんだ塊にすぎず、わずかに左に傾いて、顔は雷雨にむけられている。おそらくいくども稲妻の閃光を浴びてきたのだろう。だがファビアンのその顔は通信士にはまったく見えない。嵐に立ちむかおうと総動員された彼の五感、唇をかたく結んだ表情、その意志、怒り、そして蒼ざめた顔が空のかなたの鋭い稲妻と交感しているものの核心、すべては通信士にとってうかがい知れないものだった。

それでもなお、この不動の人影のなかに凝縮された力を見て取ることはできたし、それが好きでもあった。この人影は嵐のほうへ自分を連れていくのだろうが、自分はその背後にひそんでいればいい。おそらく操縦桿をしっかりとつかんだその手は、獣の首をつかんで相手を見極めるように、すでにこの嵐を見極めているのだ。そしてなお、力強い両肩はびくともしない。そこには大きな力が蓄えられていると感じた。つまるところ、すべてはパイロット頼りなのだと無線通信士は思った。前部席の薄暗い姿が次第にその実体と重みをあらわにし、しっかりと持ちこたえる気配を示し始める。火事場にむかって駆けていく馬の尻に乗せられているような感覚を、いま自分は味わっているのだ。

左の空に、点滅する灯台のように弱々しく、またべつの稲妻が光った。

通信士はそのことを教えようとファビアンの肩に触れた。しかし相手はゆっくりと元の頭を回して、ほんの数秒ほどこの新しい敵を眺めたかと思うと、またゆっくりと元の姿勢に戻ってしまう。その後ろ姿は依然として微動だにせず、うなじは革ばりの背にもたれたままだった。

8章

また胸苦しくなってきたので、すこし歩いてまぎらわそうとリヴィエールは表へ出た。たいせつなのは行動だけ、それも劇的なまでに真剣な行動だけだという思いでやってきたのに、ここへきてその劇の舞台が奇妙な具合に転換し、個人的なものになってしまっている気がした。野外音楽堂のあたりを散策するささやかな街の小市民は一見おだやかな生活をいとなんでいる。だが、その人生にもなんらかの劇の重みはひそんでいるのだ。たとえば病、愛の懊悩《おうのう》、喪の苦痛、あるいは……。リヴィエール自身の病もまた多くのことを教えていた。「病がある種の窓をひらいてくれた」と思った。

夜の一一時ちかくになって、ようやく気分もほっとしたので、事務所のほうへと足を向けた。映画館の出口付近にたたずんでいる群衆を肩でゆっくりかき分けていく。狭い街路の上の星に向かって視線を上げた。街の明かりで星はほとんどめだたなかったが、こう思った。「二機の郵便機が飛んでいるのだから、いまわたしは空全体に責任があるのだ。この星はその合図だ。群衆のなかのわたしを探して、ちゃんと見つけ出した。いまわたしが自分をどこか異邦人のように思い、どこか孤独に感じるのは、この星のためなのだ」

ある旋律がよみがえった。ソナタの一節で、きのう友人たちと聴いた曲だった。友人たちはその曲を理解できずにこう言った。「退屈な曲だね、あなただって退屈でしょう、はっきり言わずにいるだけで」

「たぶんね……」と応じた。

そのときもリヴィエールは今夜のような孤独を感じたが、すぐにその孤独の豊饒《ほうじょう》さを悟ってもいた。あの音楽が伝える言葉は内に秘めた優しさをそなえて、平凡な人びとのなかでただ自分の胸にだけ届いた。星の合図もおなじことだ。それは人びとの肩ごしに、リヴィエールにだけ聴きとれる言語で語りかけていたのだ。

歩道で誰かがぶつかってきた。しかしこう思った。「腹は立てまい。わたしは病気の子供の父親のようなものだ。父親は自分の家庭を覆う重い沈黙をかかえて、人混みをちいさな歩幅で歩いている」

人びとにまなざしを向けてみた。そのなかに、みずからの愛や独創性をちいさな歩幅でおし進めている者がいないかを見分けようとした。そして灯台守の孤独を思った。

事務所はひっそりしていて、その静寂がうれしかった。ゆっくりと歩く自分の足音が響くだけである。タイプライターはカバーをかけられて眠っている。整然と書類がならんだ大戸棚は閉じられている。そこには一〇年間の経験と労働の成果が蓄積されているのだ。銀行の地下金庫を訪れているようだと思う。ずしりと重い富が収められている。そしてどの帳簿にも黄金以上の価値が詰まっている。そこにあるのは生のいとなみの力だったからである。しかしいまそれは銀行の金塊のように眠っていた。

どこかに夜勤の社員が一人だけ残っているはずだった。ひとの生がつづいていくために、その意志がつづいていくために、そして中継港から中継港へと、トゥールーズからブエノスアイレスまでつづく鎖が断ち切られないために、居残っているはずだった。

「その男は自分の気高さを知らない」

どこかの空で郵便機が闘っている。病と闘うように夜間飛行がつづいている。だから夜を徹してつき添ってやらなければならない。四肢を奮《ふる》い、正面から闇に立ちむかう男たち。自分の眼で確かめられないまま動いていく闇のなかにあって、徒手空拳で夜という海中から自分を引きずり上げるしかない男たち。それ以外にはもはやなす術《すべ》もない男たちを、支えてやらなければならなかった。おりおりに、どれほどおそろしい告白を耳にしたことだろう。「せめて自分の手ぐらいは見えるかと、照らしてみました……」。暗室の赤い現像液にひたされたように、そこだけが浮き上がるビロードのような両手、それは世界に残された、ただひとつのもの、救い出さなければならないものだった。

リヴィエールは営業部のオフィスの扉を開けた。部屋の隅に灯りがひとつともされて、そこだけが明るい砂浜のようだった。タイプライターが一台、かしゃかしゃと音をたてて沈黙に意味を与えていたが、それも室内の空虚を満たすほどではなかった。ときおり電話のベルが空気を震わせると夜勤の事務員が立ち上がり、かなしげに鳴りつづける執拗《しつよう》な呼び出し音にむかって歩いていく。事務員が受話器を取ると、姿の見えない不安は鎮まる。薄暗い片隅で交わされるのは、ごく穏やかな会話だからである。それから事務員は淡々とデスクに戻ってくるのだが、その顔は読み解きがたい謎をたたえたまま、孤独と眠気に覆われていた。電話のベルを通じて外界の夜から持ち込まれるのは、いったいどれほど恐ろしいことだろうか。なんといっても二機の郵便機がいま空を飛びつづけているのだ。だんらんの灯のともる家庭に電報が届けられ、ほとんど永遠かと感じられる数秒間、電文を読む父親の表情のうちに悲劇の詳細が刻まれる。そんなようすをリヴィエールは思い浮かべた。呼び出し音も、はじめはさりげない。投げかけられた叫びはいかにも遠く、ひっそりとしている。だがくり返されるたびに、その遠慮がちな響きのなかで弱い反響が耳につき始めるのだ。そのたびに、事務員の孤独な動作は深海から浅瀬へと泳ぐ者の緩慢さを帯びて、暗がりから光の側へと戻ってくる。その姿は水底から浮かび上がってきた潜水夫のように、重い秘密をかかえてみえるのだった。

「そこにいなさい、わたしが取ろう」

リヴィエールは受話器を取って、世界のざわめきに耳をすませた。

「リヴィエールだ」

弱い雑音のあと、声が響いた。

「無線室におつなぎします」

ふたたび雑音。交換台の接続音である。それからべつの声がした。

「無線室です。電文をお読みします」

リヴィエールは報告を書きとめては、うなずいた。

「よし……よし……」

重大な知らせはなにもない。定例の報告ばかりである。ブラジルのリオデジャネイロが資料をほしがっている。ウルグアイのモンテビデオが現地の天候を伝え、アルゼンチンのメンドーサは資材について言ってきている。社内のいつものやりとりだった。

「郵便機はどうかね？」

「現地の天候が雷雨になりかかっていて、機からの通信が届いておりません」

「わかった」

今夜ここは晴れわたって星が輝いているのに、とリヴィエールは思った。無線室では遠い雷雨の息遣いをとらえているのだ。

「では、またのちほど」

リヴィエールが立ち上がると、事務員がきて言った。

「業務報告です、ご署名をいただけますか」

「よろしい」

リヴィエールは相手に篤《あつ》い友情を感じた。この事務員も夜の重荷を担っているのだ。「戦友だ」と思った。「だが、わたしたちの絆《きずな》が夜勤を通じてこれほど強まっていることなど、おそらくこの男はけっして知ることがないだろう」

9章

リヴィエールは、書類をひと束手に持って社長室に戻った。とつぜん右の脇腹に激しい痛みが走った。この数週間ずっと悩まされていたのである。

「いかん……」

一瞬、壁によりかかる。

「ばからしい」

まもなく肘かけ椅子に腰をおろした。がんじがらめに縛られた老獅子のようだ、とまた思う。全身が深いみじめさに覆われた。

「働きに働いて、行きつくところがこれなのか！　わたしは五〇になる。五〇年間必死で生きて、自分を鍛え、戦った。新しい道を拓《ひら》いてみせた。ところがここへ来て、わたしをわしづかみにするものがこれだ。この世の威力を思い知らせるものがこんな痛みなのだ……ばからしいじゃないか」

しばらくじっとしてから、すこし汗をぬぐった。やがて楽になると仕事に取りかかった。

時間をかけて、もれなく報告書に目を通す。

「ブエノスアイレスで、エンジン３０１の分解作業においてみとめられた点にかんがみて……当該責任者を厳罰に処するものとする」

承認の署名をいれる。

「フロリアノポリス中継飛行場は指示に反して……」

署名。

「飛行場長リシャールを罰則規定に照らして罷免《ひめん》とする。当人は……」

署名。

そのあとまた脇腹の痛みが戻ってきた。まるで人生の新しい意味を思い知らされているようで、自分の体について考えざるをえなくなる。それがリヴィエールにはほとんど苦々しかった。

「わたしは公平なのか、不公平なのか？ どうでもいい。罰すれば事故は減る。事故の原因となるのは人間ではない。ひとたび罰しようと思ったらすべての人間を罰しなければならなくなるような、ひとの手には負えない漠然とした力なのだ。わたしがごく妥当に、穏当に処していたら、夜間飛行は毎回死の危険を招くものになっていたはずだ」

これほど厳しく道を切り拓いてきたいま、リヴィエールはある倦怠感に襲われていた。憐《あわ》れみもまた善いものではないかと思った。その夢にひたりながら、手は報告書をめくりつづけている。

「ロブレについては、本日をもって当社の社員とはみなさないものとする」

その古参の男と、夕方かわした会話が思い出された。

「けじめだよ。気の毒だが、けじめをつけんとな」

「でも社長……、でも社長、一度だけですよ。たった一度でしょう、大目に見てくださいよ！ ずっとここで働いてきたんですから」

「それでは示しがつかん」

「でも社長……。これを見てくださいよ、社長！」

古い財布から、色褪せた記事の切り抜きが取り出された。まだ若いロブレが飛行機のそばに立ち、ポーズをとっていた。

無邪気な名誉の記念品を差し出しながら、老いた両手がわなないているのが目に入る。

「一九一〇年です、社長……。アルゼンチンの最初の飛行機ですよ、わたしが組み立てたんです！一九一〇年から飛行機ひと筋で、もう二〇年になるんです。なのに、どうしてそんなことが言えるんですか。現場の若い連中にだって、ねえ、わたしはいい笑いものですよ。もう、そりゃひどいことになります」

「それでもだ」

「子供がいるんです、社長、それも一人じゃないんです！」

「言ったろう。雑務係でよければ仕事はある」

「わたしにだって誇りってものがありますよ、社長、誇りってものが。ねえ、お願いしますよ、社長。飛行機ひと筋で二〇年やってきた、こんな老いぼれた工員を……」

「雑務係としてなら雇おう」

「おことわりします、社長、ごめんですね！」

老いた両手がわななないている。リヴィエールはその手から目をそらした。皺の寄った、厚い美しい皮膚だった。

「雑務係にならなれる」

「いやです、社長、いやです……。もうすこし話を聞いてくださいよ」

「もういい」

リヴィエールは思った。「わたしがこうも無慈悲に解任したのは、あの男そのものではない。おそらくは避けられなかった過ちや悪のほうなのだ。だがその悪はあの男を通じて現われていた」

「ものごとというものは」と思った。「ひとが命じ、ひとが従い、それによって創り出される。人間は哀れなものだ。そしてひと自身、ひとによって創られる。悪がひとを通じて現われる以上、ひとを取り除くことになるのだ」

「もうすこし話を聞いてくださいよ……」あのかわいそうな老いた男は何を言いたかったのだろう。長年の生きがいを奪わないでくれということだろうか？　あるいは飛行機の鋼鉄に響きわたる工具の音が好きなのだ、とか、人生には偉大な詩が秘められているのに、とか、あるいは……生きていかなければならないのに、とか？

「つくづく疲れた」とリヴィエールは思った。体を撫《な》で上げるように熱が上がってくる。報告書を指でつついてこう思った。「あの男の顔が、わたしは好きだった……なじみの仕事仲間だった」。男の手が心によみがえった。祈るように両手を組もうとする弱々しい動作を思った。ひとこと言ってやりさえすればすむのだ。「よし、よし、やめんでいい」。するとあの老いた手の先まで、あふれるような歓喜が流れ込んでいくだろう。そのさまをリヴィエールは夢想した。顔以上に、あの労働者の手に現われるはずの歓喜、まさに示される寸前だった歓喜、それは世界でもっとも美しいものだった。「この報告書を破るか」。そして夢想した。あの老いた男の家族を、今夜の復帰物語を、ささやかな自慢を。

「じゃ、あなたの解雇は取り消しなのね？」

「ほらみろ、ほらみろ！　アルゼンチンで最初の飛行機を組み立てたんだぞ、おれは」

若い工員たちも、もう彼を笑いはしない。威信は復したのだ……。

「よし、破ろうか」

そのとき電話が鳴り、リヴィエールは受話器を取った。ながい間《ま》。ついで風や人間の声が遠くから運ばれてくるときのあの反響、あの深い奥行き。それからようやく言葉が響いた。

「こちらは飛行場です。どなたでしょうか」

「リヴィエールだ」

「社長、650便が離陸待機位置につきました」

「よろしい」

「やっと準備完了です。最後の最後になって電気配線をやり直さなければなりませんでした、接続不良がありまして」

「よろしい。配線は誰が担当していたのかね」

「確認しておきます。よろしければ懲戒処分にさせてください、計器盤のライトが故障してしまっては深刻なことになりかねません」

「そのとおりだ」

リヴィエールは思った。「悪や過ちは、目についたときその場で根こそぎにしておかなければライトの故障などにつながる。せっかく早い段階で発見できたものを、見逃すことは罪になる。やはりロブレには辞めてもらうしかあるまい」

事務員はなにも知らずにタイプしつづけていた。

「それはなにかね」

「二週間ぶんの会計です」

「なぜ、まだできていない？」

「わたしは……」

「あとで調べる」

ものごとが決するさまは奇妙だ、とリヴィエールは思った。「漠然とした大きな力が立ち現われる。それは原始林を生み出し、成長させ、支配する力と同じものだし、大きな仕事の周辺で、いたるところに出現してくる侵食力とも同じなのだ」。小さな蔓《つる》に絡みつかれて倒壊してしまう神殿を思い浮かべた。

「大きな仕事というものは……」

気を鎮めようと、また考えた。「わたしはどの部下も好きだ。わたしが戦っている相手は人間ではない。人間を通じて姿を現わすものなのだ」

心臓がどくどくと脈うって、苦しくなった。

「自分のしていることが善いことかどうか、わたしは知らない。人生や正義やかなしみの、その正確な価値もわかりはしない。ひとりの人間の喜びにどのような価値があるのかも、知りはしないのだ。わななく手や、憐れみや、優しさの価値も……」

そして夢想した。

「生はあまりに矛盾に満ちている。およそ生きることに関するかぎり、なんとか折り合いをつけて努力していくことしかできないのだ……。命はそれでもつづいていく、それでも創られていく。滅びていく体とひきかえに……」

じっと考えをまとめると、リヴィエールはベルを押した。

「欧州便のパイロットに電話して、出発前にわたしのところに来るよう伝えてほしい」

そして思った。

「あの便がむざむざ途中で引き返してくるようなことが起きてはならない。部下たちにわたしから活をいれないと、いつまでも夜を恐れるだろう」

10章

欧州便のパイロットの妻は電話で起こされ、夫を眺めてこう思った。

「もうすこし眠らせてあげよう」

くっきりと筋肉が盛り上がった、夫のあらわな胸にみとれる。それは美しい船を思わせた。

港に休む船のように、夫は静かなベッドに休んでいる。その眠りを乱すものが何もないよう、妻は指先でシーツのひだや、翳《かげ》りや、うねりを消し去った。それは海を鎮める神の指のようだった。

立ち上がって窓を開け、頬に風をうけた。部屋からはブエノスアイレスの市街を一望できる。近くの家ではダンスをしていて、切れぎれのメロディーが風にのって流れてきた。誰もが愉《たの》しみ、やすらぐ時間帯だった。家庭という無数の砦《とりで》のうちに人びとを擁するこの都市で、いまはすべてが平穏に落ち着いている。それなのに、ただ自分には「武器をとれ!」と叫ぶ声がきこえる気がした。そして自分の夫だけが立ち上がるのだ。まだ休んではいる。しかしその休息は出撃を待つ軍人の、恐怖をはらんだ休息だった。まどろんでいるこの都市は、夫を護《まも》ってはくれない。街の灯りもむなしく映った。彼は、この若き神は、都市の粉塵のなかから立ち上がっていくのだから。夫のたくましい腕を眺めた。一時間後には欧州便の運命を担い、なにか偉大なものをみずからに引き受ける腕だった。ひとつの都市の運命のような何かである。そう思うと心が乱れた。何百万もの人びとがいるなかで、ひとり夫だけがその奇妙な犠牲のために身じたくをする。そのことがかなしかった。こうして妻の甘美な腕からも脱け出していく。夫に食べさせ、見守り、優しく触れてきたのは自分のためだったとさえいえない。夫を連れ去っていくこの夜のためだ。闘い、懊悩《おうのう》し、勝つためなのだ。だがそれが実際にどのようなものなのか、自分は何ひとつ知ることがないだろう。夫の、愛情のこもった腕は、いまはなだめられて従順にしているだけで、その腕が仕事にうち込むさまはうかがい知れない。この人のあらゆる微笑を知っている、愛し合うときの気遣いを知っている。その反面、嵐のただなかにいる、怒れる神としての姿は知らないのだ。音楽を聴き、愛を交わし、花を贈り、優しい絆をいくつも育てた。だが出発のときがくるたびに、それほど苦にもならない顔で、彼はそうしたものに背をむけてしまう。

夫が目をさました。

「何時？」

「夜中の〇時」

「天気はどう？」

「わからない……」

彼は起き上がる。伸びをしながらゆっくりと窓のほうへ歩いた。

「そう寒い思いはしなくてすみそうだな。風向きはどっちだい？」

「わたしに訊《き》くなんて」

男は窓から身を乗り出した。

「南風だ、いいぞ。すくなくともブラジルまでは追い風だ」

彼は月に気づいて贅沢《ぜいたく》な気分になった。それから市街に視線を落とした。

街は愉しそうにも、輝いているようにも、熱気があるようにも映らない。街の灯りは、はやくもむなしい砂のようにさらさらと流れてみえた。

「なにを考えているの？」

訊かれた夫はこう考えていた。ポルトアレグレのほうで霧が出るかもしれない。

「でも打つ手はある、僕は迂回するポイントを知っているから」

窓から乗り出した夫の姿勢は変わらない。裸で海に飛び込むときのように大きく息を吸い込んだ。

「かなしいなんて夢にも思わないんだから……。こんどは何日留守にするの？」

一週間かな、一〇日かな。夫は知らなかった。かなしい？　それはないよ。どうして？　いろんな草原、いろんな街、いろんな山……。そこへ自由に飛び立って、制覇していく。あと一時間もしないうちにブエノスアイレスも制覇して、また捨ててしまう。

夫は微笑してみせた。

「この街もね……。みるみる遠ざかっていくんだよ。夜に出発するのはすてきだ。機首を南にむけて、操縦桿を手前に引く。一〇秒後には景色を逆にして、機首は北。そうしたら街はもう海の底に見えるだけだ」

妻のほうは、制覇されるために放棄されるものへと思いがむかう。

「自分の家庭がきらい？」

「自分の家庭は好きだよ……」

だが夫がもう歩み出してしまったことはわかっていた。広い肩はすでに大空に立ちむかおうとしているのだ。

妻は夫に空を指した。

「晴れた夜空を飛べるじゃない。あなたの通り道に星がびっしり敷き詰めてある」

夫は笑った。

「そうだね」

夫の肩に手をかけてみて、そのぬくもりに妻は動揺した。この体が危険にさらされるのだろうか。

「あなたはすごく優秀なパイロットだけど、気をつけて」

「もちろん気をつけるよ……」

夫はまた笑った。

身じたくをする。祝祭のいでたちに選ばれたのはいちばんごわごわした織りの服と、いちばんずしりとした革製の上着で、着込むと農民のようにみえた。頑健そうになればなるほど、妻はうっとりと見つめた。そして夫のベルトを締めて、靴を履かせるのだった。

「このブーツ、きついな」

「こっちにしたら」

「非常灯を吊るす紐を探してくれる？」

妻は夫を眺めた。自分の手で、夫の武装を隙なく仕上げる。万全に整った。

「すごくきれい」

そして彼女は気づいた。夫の髪がていねいに整えられている。

「それ、星に見てもらうため？」

「老《ふ》けた気分にならないため」

「嫉妬するなあ……」

夫はまた笑い、口づけをして、ごわつく服の胸にしっかりと妻を抱きしめた。それから小さな女の子を持ち上げるときのように両腕を伸ばして彼女を持ち上げ、ベッドに横たえた。そうしながら、ずっと笑っていた。

「おやすみ！」

後ろ手に扉を閉めて通りへ出た。雑然とした夜の人混みを抜けて、制覇にむかう最初の一歩を踏み出していた。

妻はひとり家にのこされた。花を、書物を、優しい品々を、かなしい思いで眺めた。どれも、夫にとってはもはや海の底にすぎないのだ。

11章

リヴィエールが待っていた。

「この前のフライトでは困ったことをしてくれたね。天気はよくなるという予報だったのに、引き返してきてしまった。切り抜けることはできたはずだろう。怖かったのかね?」

欧州便のパイロットは不意をつかれて黙っていた。のろのろと両手をこすり合わせる。そのあとまっすぐ顔を上げ、リヴィエールと正面から目を合わせた。

「はい」

かわいそうに、と心の底でリヴィエールは思った。これほど勇敢な青年でも怖いのだ。パイロットは釈明しようとした。

「もうなにも見えなかったんです。ただ、たしかにもっと遠くまで飛べば……たぶんですが……無線局も言っていたし……。でも操縦席の赤ランプもかすんできて、もう自分の両手も見えない状態になっていました。翼だけでも見たくてポジションライトをつけようとしたら、それもまるっきり見えないんですよ。まるで巨大な穴の底にいて、とうてい抜け出せない気がしました。しかもエンジンが妙な感じに震動し始めたんです」

「ちがうな」

「ちがう?」

「ちがう。あのあとエンジンを調べさせたのだよ。まったく問題はなかった。怖いと感じると、きまってエンジンに異常な震動があるように思えてくるものなんだ」

「あれで怖くない人間がどこにいるんです! 目の前には山脈が立ちはだかってくるし、高度を上げようとしたら激烈な乱気流がくる。その状態で真っ暗だというのが、どういうことかおわかりでしょう……。乱気流ですよ……。上昇しようとする間に一〇〇メートルは落下しました。ジャイロスコープも見えない、圧力計も見えない。エンジンは回転数が落ちるし、熱くなるし、油圧は落ちていると思いましたし……。それがすべて暗闇のなかなんですよ、病気のときみたいに。また街の光に出会えたときはつくづくほっとしました」

「君は想像力がありすぎるだけだよ。行きなさい」

パイロットは部屋をあとにした。


リヴィエールは肘かけ椅子に深くもたれて、白髪まじりの髪に手をやった。

「あれはうちでもっとも大胆なパイロットなのだ。あの男が前回やってのけたことは、実際にはみごとだった。だが恐怖心を取りのぞいてやらないと……」

それから、またしても気が弱るのにまかせてこう思った。

「ひとに好かれたければ、ひとの気持ちに寄り添ってみせればいい。だがわたしはそんなことをまずしないし、心で同情していても顔には出さない。とはいえ友情や、ひととしての優しい感情に包まれたいと願わないわけではないのだ。医師であれば仕事を通じてそうした交流を得られるだろう。だがわたしの仕事は状況を制することにある。だから部下たちも鍛え上げて、状況を制する力をもたせてやらなければならない。夜、社長室で運航記録を読んでいると、あの漠然とした法則をありありと感じることがある。航路ごとにきちんとシステムを組んだのだから大丈夫だと思って状況を放置しておくと、なぜか不思議に、あわや事故寸前という支障が出始めるのだ。結局、飛行機が墜落するのを防ぐのも、嵐で郵便が遅れるのを防ぐのも、まるでわたしの意志ひとつにかかっているようにみえてくる。ときどき、自分で自分の力に驚くほどだ」

こうも考えてみた。

「だが、それもたぶん当然なのだ。庭師は芝生の上で果てしなく格闘をつづける。土のなかでは原始林が芽吹こうとして絶えず隙をうかがっているのに、それを阻《はば》んで地中に押し戻すのはただ自分の手の重みしかないのだから」

さきほどのパイロットについて考えた。

「わたしはあの男の恐怖心を取りのぞいている。わたしが責めていたのは彼ではない、彼の心をよぎったものだ。未知のものを前にしたときに万人の足をすくませる、あの抵抗感のほうだ。もしあのまま話を聞き入れて、相手の気持ちに寄り添ったうえ、冒険譚《たん》をまともに受けとめるようなことをしていたら、本人は神秘の国から生還したのだと自分でも思い込んでしまうだろう。だが、ひとを怖がらせる唯一のものが神秘なのだ。誰もが暗闇の井戸の底に降り、また昇ってきて、べつに何もなかったよと言えるようでなければならない。あのパイロットも、夜の懐《ふところ》の最深部にうごめく濃厚な闇の中に降りていき、かろうじて両手や翼を照らす小さな炭鉱ランプもないままに、正面を向いて未知の空間を押し通るようでなければならないのだ」

この戦いのうちにあって、それでもリヴィエールとパイロットたちは心の底で、口には出さないまま、兄弟のような絆で結ばれていた。ひとつの船に乗り組んで、ひとつの勝利を渇望する仲間同士である。しかしリヴィエールはまた別の一戦も思い出していた。それは夜をねじ伏せ、切り拓くための戦いだった。

官庁筋では、飛行機が飛ぶ夜空という暗黒の領域を、まるで未開の密林のように惧《おそ》れていた。時速二〇〇キロの速度に乗員を送り出すこと、それも夜がひと知れずはらむ嵐や靄《もや》や物理的障害のなかに送り出すことは、戦時の空軍でもなければとうてい容認しがたいとされる挑戦だったのである。明るい月夜に離陸して、空爆後はもとの基地に戻るというのならまだ理解できる。だが夜間に別の土地へ飛ぶ定期便など失敗するにきまっているではないか。「わたしたち航空業にとって」とリヴィエールは反駁《はんばく》してみせた。「夜間運航をおこなえるかどうかは死活問題なのです。鉄道便や船便を相手に、昼間は速度で優《まさ》っても、夜がくるたびそのぶんが帳消しになってしまうのですから」

採算について、保障について、とりわけ世論について、リヴィエールはうんざりするほど聞かされた。「世論などというものは」と即座にやり返した。「誘導すればいいのです！」そして思った。「これでは時間の無駄だ！　もっと別のことがあるのに……何よりも大切なことがあるのに。生きる者は、生きるためにすべてを押しのけ、生きるために自分の仕組みをつくり出す。それは誰にも止められない」。リヴィエール自身、民間の商業航空がいつ、どのようにすれば夜間運航に手を広げることができるのか、わかっているわけではなかった。とにかくほかに選択の余地のない打開策として準備をすすめる以外になかったのである。

討議をおこなった部屋の、緑の敷物が記憶に浮かんだ。その部屋でリヴィエールは肘をつき、こぶしのうえにあごを乗せて、つぎつぎと示される反対意見に耳を傾けていたのだ。まもなく不思議な力がわき上がるのを感じた。生きるうえではどれもこれも無意味な話だと、断言できそうなことばかりではないか。こぶしを握り固めるように、自分の体のなかで力がぐっと凝縮してくる気がした。「わたしに理がある、これならば勝てる」とリヴィエールは思った。「それがものごとの自然な流れというものだ」。あらゆるリスクをことごとく回避しうる完全な解決案を示せと詰め寄られて、こうこたえた。「法則をつくるものは経験です。どれほど知識を積み上げようと、経験に優《まさ》るものにはけっしてなりません」

長い一年を戦い終えて、リヴィエールはついに勝利をもぎ取った。ある人びとは「信念のたまもの」と言い、別の人びとは「熊のようにしつこく前へ進みつづける、あの力の勝利」と言った。だが本人によれば、より単純に、あるべき流れに乗ったからだということになる。

それでもなお、運航を始めた当初はきわめて慎重だったのだ。出発するのは全機とも夜明けの一時間前になってからであり、日没から一時間後にはもう滑走路に入るようにしていた。リヴィエールが自分の経験に確たる自信をもてるようになったとき、はじめて郵便機は夜の深淵《しんえん》へと分け入っていくようになったのである。だがあとにつづく者はほとんどなく、活動をほぼ否定されたような状態で、彼はいまや孤独な戦いを率いていた。

飛行中の便の最新報告を聞こうと思い、リヴィエールは部下を呼ぶベルを鳴らした。

12章

そのときパタゴニア便は暴風雨に接近しつつあった。しかしファビアンは迂回を断念した。巨大すぎて避《さ》けきれないと見てとったからである。長い稲妻が大陸の内側にむかって深く入り込んでいき、城砦のようにそびえたつ暗雲を照らし出していた。その下を通り抜けられないかと思ったが、どうしても無理であれば引き返すつもりだった。

高度を読む。一七〇〇メートル。操縦桿を手のひらで押し、機首を下げ始めた。エンジンがぶるぶると激しい震動音を上げ、機体が震え出す。ファビアンは勘で降下角を修正してから、丘陵の高さを地図で確かめた。五〇〇メートル。余裕をみて七〇〇メートル付近を飛ぶことになるだろう。

全財産を賭ける必死の思いで、さらに高度を下げていった。

乱気流で飛行機が沈み、機体はさらに激しく震動した。眼に見えないまま、機体が崩壊に瀕《ひん》していると感じる。一八〇度反転して引き返し、満天の星と再会したいと夢見たものの、たった一度の方向転換もおこなわなかった。

ファビアンは自分にどれだけチャンスがあるかを計算していた。この暴風雨はおそらく局地的なものだ。めざす着陸地のトレレウは四分の三の曇天《どんてん》、つまり空の四分の一が晴れていると伝えてきていたからである。それならコンクリートの箱に閉じ込められたように真っ暗なこの状態も、ほんの二〇分ですむはずだ。だがそれでもパイロットは不安だった。機体の左側に乗り出して、激しい風圧にさらされながら、漆黒《しっこく》の夜の奥にかすかに動く鈍い光がなんであるかを見定めようとした。しかしそれはすでに光とさえいえなかった。ただ暗闇の濃度の差異か、あるいは疲れきった目の錯覚でしかなかった。

無線通信士が手渡してきた筆談の紙片をひらく。

「いまどこです?」

それこそ、ファビアンがどんなことをしてでも知りたいことだった。返事を書く。

「僕にもわからない。コンパスを頼りに暴風雨を突破中」

もういちど身を乗り出してみる。だが排気管からほとばしる炎にさえぎられてよく見えない。エンジンに活けられた火の花束のようなその炎は、月の光にさえかき消されそうなほど薄く透けていた。それでも、この虚空のなかではそれだけが眼に見えるものだった。ファビアンは炎を見つめた。炎は風に緻密《ちみつ》に編まれて揺れた。松明《たいまつ》の火のようだった。

ジャイロスコープとコンパスを確認しようと、三〇秒おきに操縦席の内側に頭をかがめた。弱い赤ランプさえ、いまではつけようと思わない。眼がそれに慣れると長いこと暗がりで眼がきかなくなってしまうからだ。だが計器類の数値はラジウム塗料で発光し、すべてが青白い星座の輝きを放っていた。その針と数値に囲まれて、パイロットは操縦席の内側でいつわりの安堵感を味わった。船が大波をかぶっているとき、船室にこもって抱く偽の安らぎだ。夜と、夜が運んでくる岩や漂流物や山々が、いますべてこの機にむかって息をのむほど厳しい運命をのせて流れてくる。

「いまどこです?」通信士がふたたび訊ねてよこした。

ファビアンはまた機体から頭を出すと左側に身をよせて、おそろしい監視を再開した。だがいったいどれほどの時間をかけて、何度この努力をくり返せば暗闇の縛《いまし》めから解き放たれることができるのか、もうわからなくなっていた。二度と脱出できないのではないかと思い始めていた。それというのも、ちっぽけな、汚れた皺《しわ》くちゃの紙切れに命を預けている状態だったからである。なんとかして希望を失うまいと、ファビアンはいく度となくその筆談の紙を広げて読み返していた。「トレレウの天候〝四分の三の曇天、西の微風〟」。トレレウの空が四分の一晴れているなら、雲の切れ目にすでに街の灯が見えるはずなのだ。そうでないかぎりこの機は……。

はるか彼方《かなた》の薄明かりを心の支えに、ファビアンは飛びつづけた。それでも疑念は消え去らず、なぐり書きを通信士に渡す。「突破できるかわからない。後方地域がいまも晴れているのか知らせてくれ」

だがその返事に彼は打ちのめされた。

「コモドロからの返信〝当地へは帰還不能。暴風雨〟」

ファビアンはようやく悟り始めた。アンデス山脈をこえ、海まで吹き降ろす異様な暴風雨が起きているのだ。ここから到達できる距離にあるどの都市も、自分たちより先にこの嵐に襲われているだろう。

「サンアントニオに現地の天候を問い合わせて」

「サンアントニオからの返信〝西風発生、西の方角に嵐。全天曇り〟。むこうは雑音が多くて受信困難だそうです。こちらも受信困難、放電ひどし。もうすぐアンテナを下ろすしかありません。引き返しませんか？　飛行計画を教えてください」

「却下。バイアブランカに現地の天候を問い合わせろ」

「バイアブランカの返信〝二〇分以内に西から猛烈な暴風雨が来襲する見込み〟」

「トレレウの天候は？」

「トレレウの返信〝西から秒速三〇メートルの突風、豪雨〟」

「ブエノスアイレスに連絡しろ。〝八方ふさがり。一〇〇〇キロにわたって嵐が発生中。もう何も見えない。どうすればいいのか？〟」


パイロットにとって、この夜は岸辺なき海だった。港に導く夜でもなければ（どの港も到達不能としか思えない）、黎明《れいめい》に導く夜でもなかった。燃料はあと一時間四〇分しかもたない。遅かれ早かれこの濃密な闇のなかに、何ひとつ見えないまま溺れていくしかないのである。

　せめてこの機が朝までもつ状態であってくれたなら……。

　この厳しい夜のあと自分たちがうち上げられる黄金色の砂浜を夢見るように、ファビアンは夜明けを思った。危機にさらされた飛行機の眼下にも、朝になれば平野の岸辺が広がることだろう。やすらかな大地のうえにはまどろむ農家や、家畜の群れや、なだらかな丘がのっている。暗い闇を漂う漂流物はことごとく無害なものに変わっている。もしできることなら、朝にむかって泳いでいくのに！

　嵐に包囲されてしまったとファビアンは感じた。遅かれ早かれ、すべてこの漆黒の闇のなかで決着がつくだろう。

　それは確かだ。朝日が昇ると、病も峠を越えたと思えたことがこれまでにも時々あった。

　だがいまは、太陽が昇ってくるはずの東の方角にどれほど瞳をこらしても、どうにもなりはしなかった。太陽と彼らのあいだには夜の深淵が口をあけ、跳び越すことはできないのだった。

13章

「パラグアイ便は首都のアスンシオンを離陸して順調に飛んでいる。午前二時ごろには着くだろう。逆にパタゴニア便は難航中らしい、大幅に遅れる見込みだ」

「了解しました、リヴィエール社長」

「パタゴニア便を待たずに欧州便を離陸させることになるかもしれない。アスンシオンから郵便機が到着したら、すぐにこちらの指示を仰ぐように。欧州便の出発準備を進めておきたまえ」

リヴィエールは北部の各地におかれた中継飛行場から、電報で届いた保安報告を読み返していた。欧州便は月明かりの下を飛べそうだった。「快晴、満月、無風」とあったからである。ブラジルの山々は明るく澄んだ夜空にくっきりと頭をもたげて、密林の黒々とした髪を銀色の海の鏡に映している。月の光が森を皓々《こうこう》と照らしている、だが色彩はそこにない。海に浮かぶ島々の影も漂流物のように黒い。月は航空路線の端から端まで、涸《か》れることのない光でくまなく照らしているのだ。光の泉だった。

リヴィエールが出発を命じれば欧州便の乗員は、夜どおし柔らかい輝きに満たされた静謐《せいひつ》な世界へ飛び立っていくことになる。光と影の堆積《たいせき》がつくり出す均衡を乱すものはなにひとつない世界、透明な風の優しい愛撫さえ入り込まない世界である。とはいえそんな優しい風でも、勢いを増すとほんの数時間で空全体をだいなしにしてしまうことがあるのだが。

その世界の輝きをまえにして、なおリヴィエールはためらっていた。禁じられた金鉱のまえでためらう探鉱家のようだった。南の空で起きているできごとはリヴィエールを非難の矢面《やおもて》に立たせる。そして夜間飛行の擁護者は唯一、彼ひとりなのだ。パタゴニア便が遭遇している災難から、反対者たちはきわめて強い倫理的根拠を引き出してくるにちがいない。そうなればおそらくリヴィエールの強い信念も無力だろう。それでもその信念が揺らいでいるわけではなかった。業務の内部にほころびがあって、この危機につながった。だが危機はむしろほころびを眼に見えるものにしてくれたのであって、それ以外のなにものでもない。「たぶん西の地域に、あといくつか観測所が必要なのだ……検討しよう」。こうも思った。「この事業をやりとおすべきだという確たる理由はなにひとつ変わってはいない。しかも事故の可能性を減らせる要素がひとつあきらかになったところだ」。失敗は強者をさらに鍛える。だが不運なのは、賭けられているものがひとの命であるにもかかわらず、この勝負ではものごとの真の意義があまりにも見過ごされていることだった。勝ち負けはうわべのことにすぎないにせよ、勝ちにはみじめなほどわずかな得点しか与えられない。いっぽうで、うわべの負けにはがんじがらめに縛られてしまう。

リヴィエールはベルを鳴らして部下を呼んだ。

「バイアブランカから、まだ無線連絡はないままかね」

「ありません」

「電話で呼び出してくれないか」

五分後、バイアブランカと電話がつながった。

「どうして何も連絡してこないんだ」

「パタゴニア便と交信ができないのです」

「むこうが接続を切っているのか」

「わかりません。雷雨がひどすぎます。たとえ機のほうで打電していても、こちらで受信できなかったでしょう」

「トレレウではあの郵便機と交信できているのかね？」

「こちらとトレレウも交信不能の状態です」

「電話を使いたまえ」

「やってみました。ですが電話回線がつながりません」

「バイアブランカの天気はどうなんだ」

「こちらはいまにも降りそうです。西と南の空に稲妻が光っていて、空全体が分厚い雲で覆われています」

「風は？」

「まだ弱いのですが、それもあと一〇分ほどでしょう。雷が急速に近づいていますので」

しばらく間があった。

「バイアブランカ？　聞こえるか？　よろしい。一〇分したら、また連絡をくれ」

そのあとリヴィエールは、南の各地におかれた中継飛行場からの交信録に目を通した。そのすべてがパタゴニア便の沈黙を告げている。もはやブエノスアイレスからの呼びかけに応答のない飛行場もいくつかあった。こうして地図の上に無言の地域がしみのように広がっていく。そこでは小さな街々がすでに暴風雨に飲み込まれ、扉という扉を閉めて、灯の消えた街路のどの家も世界から切り取られたように見えなくなっている。夜の海に見失われた船のようだ。これを解き放つものは朝しかなかった。

それでもリヴィエールは地図の上に身を乗り出して、晴れていて避難できそうな地点をきっとどこかに見つけられるという希望を持ちつづけていた。というのは、三〇をこす各地域の地元警察に、電報で現地の天候をそれぞれ問い合わせており、その返事が手元に届き始めていたからである。そしてこのかたわら、二〇〇〇キロにおよぶ範囲の全無線局に指令を出していた。あの郵便機からの打電を傍受した局は、三〇秒以内にブエノスアイレスに連絡せよ。その傍受局を通じて、ファビアンに避難場所を伝えることができるはずだった。

夜中の一時にいったん集合を命じられた事務員たちも、すでに持ち場に戻っている。彼らがこの召集で暗黙のうちに読みとったことは、おそらく夜間飛行は全面的に中止され、欧州便も朝まで離陸しないだろうということだった。ファビアンのこと、暴風雨のこと、とりわけリヴィエールのことが、低い声で話題にのぼった。自然界からの拒絶をうけて自分たちの社長がじりじりと打ちのめされていくさまが、間近に見てとれたのである。

ところがそうした声もぴたりとやんだ。きっちりとコートを着込み、いつものように帽子を目深《まぶか》にかぶった、あの永遠の旅人のいでたちでリヴィエールが戸口に姿をあらわしたからである。静かな足どりで事務長のほうに近づいていく。

「一時一〇分だ。欧州便に持たせる書類の準備はいいかね」

「わたしは……てっきり……」

「てっきりもなにもない。手を動かすのが君の仕事だ」

開け放たれた窓のほうへ、ゆっくりと向きなおる。両手はうしろに組まれていた。

事務員がひとり近づいた。

「社長、問い合わせにはほとんど返事がこないかもしれません。内陸部ではもう大半の電線が切れてしまっているそうです」

「わかった」

リヴィエールは身じろぎもせず、夜空を眺めていた。

こうして、ひとつひとつの知らせが郵便機の危機を伝えていた。電線が切断されてしまう前に応答しようと、各都市が暴風雨の進行状況を知らせてくる。それは侵略者の足どりを伝える報告のようだった。「アンデス山脈方面、内陸部から接近中。全路線を吹き抜けて海の方角へ進行……」

ここではすべての星が煌《きら》めきすぎているし、空気は湿りすぎているとリヴィエールは思った。なんという異常な夜だ！　つややかな果物の果肉が腐るときのように、夜はまだらに、急激に腐りつつある。ブエノスアイレスの空にはすべての星座が欠けることなく君臨している、にもかかわらずここはひとつのオアシスでしかない。それもつかの間のオアシスだ。見方を変えれば避難港ではある、ところがパタゴニア便からはたどりつけない距離なのだ。不吉な風の手に触れられて腐りゆくこの夜、征服しがたい夜。

どこかで一機の飛行機が、この夜の深淵で災いにさいなまれている。その機内で、なす術《すべ》もなく人がもがいているのだった。

14章

ファビアンの妻から電話がきた。

夫が帰還する夜はいつも、妻はパタゴニア便の現在位置を見積もっていた。「いまはトレレウを離陸するころ……」。それからまた眠る。すこしあとで思う。「サンアントニオに近づいているはず。街の灯りが見えてきた」。そして起き上がるとカーテンを開けて、空模様を確かめるのだった。「ああ、この雲がみんな彼の邪魔になる……」。ときには羊飼いのように、月が散歩をしている。すると月や星々や、夫の周囲にいてくれるさまざまな存在にほっとして、若い妻はふたたび横になる。午前一時ごろになると、夫が近づいていると感じる。「もうそんなに遠くない。ブエノスアイレスが見えているころ……」。そしてふたたび起き上がると、夫に食事と熱いコーヒーのしたくを整えるのである。「空の上はすごく寒いから」と、いつも夫が雪の山頂から下山してきたように迎える。「寒くない?」「ぜんぜん」「とにかく温まって」。一時一五分にはすべてのしたくが整って、夫に電話をするのである。

この夜も、いつもとおなじように妻は電話でこう訊ねた。

「ファビアンはもう着いておりますか？」

電話をうけた事務員はすこしあわてた。

「どちらさまでしょうか？」

「シモーヌ・ファビアンです」

「ああ。お待ちください……」

事務員は言葉が出ないまま、事務長に電話を回した。

「どちらさまでしょう？」

「シモーヌ・ファビアンです」

「ああ……奥さん、どうされました？」

「夫はもう着いておりますか？」

いわくいいがたい沈黙のあと、ひとこと返事があった。

「いいえ」

「遅れているんですか？」

「はい……」

ふたたび沈黙。

「はい……遅れています」

「え？」

その「え？」は、傷つけられた肉体から上がる声だった。遅れるくらいはなんでもない……。なんでもない……。でも、もしさらに遅れるとしたら……。

「そんな……それで何時に着きますか？」

「何時に着くか？　それは……それは、わかりかねます」

妻はいまや壁にぶつかっていた。訊ねた言葉がそのままこだまになって返ってくるだけなのだ。

「お願いですからお返事をください！　いまはどのあたりなのですか？」

「どのあたり、ですか？　お待ちください……」

だらだらした応答が妻の心を傷つけた。なにかあるのだ、この壁の裏側に何かが。

先方は覚悟をきめたらしい。

「一九時三〇分にコモドロを離陸しています」

「そのあとは？」

「そのあとですか?……非常に遅れています……。悪天候でして、非常に遅れているのです……」

「え? 悪天候?」

なんて不公平なのだろう、なんて陰険なのだろう。ブエノスアイレスには、用もない月がこれみよがしに輝いているのに! 若い妻は、はっと思い出した。コモドロから次の中継地のトレレウまではせいぜい二時間のはずだ。

「じゃ、コモドロを出てトレレウまで、もう六時間も飛んでいるということですか! でも無線があるでしょう。どう言ってきていますか?」

「どう言ってきたか、ですか? もちろんこんな天候ですので……よくご存じかと思いますが……無線が通じないのです」

「こんな天候!」

「そんなわけですので、奥さん、なにかわかりしだいお電話をさしあげます」

「そんな。じゃ、そちらでもなにもわかっていないということですか」

「失礼します」

「待って! 切らないで! 社長さんとお話しさせてください」

「奥さん、社長はいま手がいっぱいでして。会議中なんです」

「そんな！　それでもです、それでもお願いします。お話しさせてください！」

事務長は汗をぬぐった。

「しばらくお待ちください……」

そしてリヴィエールの部屋の扉を開けた。

「ファビアン夫人がお話ししたいと」

「きたか」とリヴィエールは思った。「これをおそれていた」。悲劇における感情的な要素のもろもろが姿をあらわし始めている。断ろうか、とまず思った。母や妻は手術室には入らないものである。難破しかけた船のうえでも、噴き出す感情は抑え込むものである。感情はひとを救う助けにはならない。とはいえ、この電話には出ようと決めた。

「つないでくれ」

遠くに、弱々しい声が響いた。声は震えていた。すぐさま、自分はこの声に応える術《すべ》がないのだと悟った。かといって言い争うようなことになれば、たがいにどこまでも不毛でしかないだろう。

「奥さん、お願いですから落ち着いてください。この仕事では、ひたすら知らせを待つしかないということがめずらしくないのです」

もはや特定のちいさな悲嘆という問題ではなく、事業活動そのものが問われるぎりぎりのところまで来てしまっていた。リヴィエールの前に立ちはだかっているのはファビアンの妻ではなかった。生きることのもうひとつの意味だった。リヴィエールはただ耳をかたむけ、相手の気持ちに寄り添うことしかできなかった。その弱々しい声、これほどに悲痛な歌、だがそれは敵なのだった。仕事上の活動も、個人としての幸福も、すこしずつ分かちあえるようなものではない。つまり両者は対立することになる。この女性もひとつの絶対的世界の名において、みずからの責務と権利のもとに語っていた。夕食のテーブルを照らすランプの輝きの名において、愛する者の肉体をもとめる肉体の名において、希望や優しい愛撫や思い出の生まれる場所、それらすべての名において語っていたのだ。彼女は自己の幸福の権利を要求していた。そしてそれは正当だった。リヴィエールもまた正当ではあったのだ、それでもこの女性のもつ真実にはとうてい太刀《たち》打《う》ちできなかった。家庭のつつましい灯に対して、自分の側の真実はおよそ言葉にならない非人間的なものであると思い知らされていた。

「奥さん……」

もはや相手には聞こえていない。彼女は弱々しいこぶしで壁をたたき続けるのに疲れはて、その場に倒れてしまったようだった。

ある日、見知らぬエンジニアに言われたことがある。建設中の橋のたもとで、けがをした男性をリヴィエールがのぞきこんでいたときだった。「人間の顔を粉砕してまで架ける値うちのある橋ですかね」。となりの橋まで迂回せずにすむのなら誰かの顔をおそろしいほど傷つけてもしかたがない、などと思う農民は現地に一人もいないだろう。それにもかかわらずひとは橋を造るのである。エンジニアはこうもつけ加えた。「公益というのは私益の集積で成立するものでしょう。それ以上のものではないはずです」——「とはいえ」とのちにリヴィエールは思った。「ひとの生に価値がないとしてみよう、われわれはいつも、それ以上に価値の高いなにかがあるようにふるまっているのだから……。だが、その何かとは何なのか？」

パタゴニア便の乗員たちを思うと、リヴィエールは胸がしめつけられた。人間の行動、それも人びとのために橋を建造するような行動でさえ、個の幸福をうち砕くことがあるのに。問わずにはいられなかった。「何の名において？」「二人とも」と思った。「いま逝こうとしているかもしれないあの二人とも、幸福な人生を送ることができたはずだ」。夕暮れのランプが金色にともされた食卓、その聖域でうつむいて祈る顔が心に浮かんだ。「自分は何の名において、そこから二人を引き離したのか」。何の名において、個人としての幸福を剝ぎとったのか？ 最優先されるべき原則は個の幸福を守ることではないのだろうか？ だが自分がそれを破壊したのだ。とはいえあらゆる金色の聖域は、いつかは蜃気楼のように消滅してしまう宿命にある。リヴィエールよりさらに無慈悲な、老いと死に破壊されるからだ。おそらくは救うべき別の何か、より永らえる何かが存在するのだ。おそらくは人間のその領域に属するものを救うために、リヴィエールは働いているのではないか。そうでなければ、この活動を正当化することなどできはしない。

「愛する、愛する、ひたすら愛する。それでは行き詰まるだけだ！」リヴィエールには、愛するという責務よりさらに重い責務があるという漠然とした感覚があった。その責務もやはり優しさの一種ではあるのだが、ほかのどの優しさとも大きく異なっている。ある言葉が脳裡《のうり》に浮かんだ。「彼らを永遠なるものにしなければならぬ……」。どこで読んだのだったか。「汝《なんじ》自身のうちにのみ追い求めるものは滅びる」。ペルーの、古代インカ帝国時代に建てられた太陽神の神殿が眼前によみがえった。山頂に積み上げられたあの岩石群。あの岩の重みがひとつの文明の権力と威光を伝えて、今日の人間の頭上にまで、良心の呵責《かしゃく》を呼びさますようにのしかかる。あの遺跡がなかったら、いったい何が残っただろうか。「いかなる過酷さの名において、あるいはどれほど奇妙な愛の名において、いにしえの民の指導者は山上に神殿を建立することを人びとに強いたのか。なぜ、そうまでして民の永遠性をうちたてたのか」。ふたたびリヴィエールは、野外音楽堂のあたりを散策するささやかな街の民の姿を思い出した。「首輪につながれた飼い犬のような、あの種の幸福……」と思う。いにしえの民の指導者は、おそらく人の苦痛には憐《あわ》れみをおぼえなかったのだろう。だが人の死には果てしない憐れみをいだいていたのだ。それも個々の死への憐れみではなく、砂の海に埋もれて消え去っていく種族全体への憐れみである。そのために民を導いて、せめて砂漠に飲み込まれることのないように岩を築かせたのだ。

15章

四つに折りたたまれたこの紙片が、きっと自分を救ってくれる。そう思って、ファビアンは歯をくいしばりながら筆談のメモをひらいた。

「ブエノスアイレスと交信不能。指に放電、もはやこちらも打電不能」

いらだったファビアンは返事を書こうとしたものの、操縦桿から手を放したとたん、強烈な揺れに全身を貫かれた。五トンもの金属の機体ごと乱気流にあおられたのである。応答はあきらめた。

しっかりと両手で大波を抑え込む。

ファビアンは大きく息をした。通信士が被雷をおそれてアンテナを下ろしたりしたら、着陸したあとで顔をがつんと殴ってやる。なにがなんでもブエノスアイレスと交信しなければならないのだ、たとえ一五〇〇キロへだてた岸辺から、この深淵めがけて命綱を一本投げてもらう程度の助力しか得られないとしてもである。灯台のように大地を示す揺らめく光や、灯りのともる宿は得られなくとも、もはやどこにもない世界から届けられる声を、せめてただひとつ聴きたかった。パイロットは赤ランプの光の中にこぶしを掲げて、ゆっくり左右に振ってみせた。後部席の相棒に、この悲劇的な現実を伝えようとしたのである。しかし背後の相手のほうは、闇に埋もれた街と死んだ光をはらんで荒れ狂う空間に身を乗り出していて、その合図には気づかなかった。

大声で叫んでくれさえしたら、いまのファビアンはどんな助言にでも従ったろう。「旋回しろといわれたら僕は旋回する。まっすぐ南といわれてもそうする……」。月の光が大きな影を投げかける安らかで平和な大地が、きっとどこかにあるはずなのだ。下界の僚友たちはその平和な大地を熟知していて、学者のような知識にあふれ、万能で、地図の上へと身を乗り出している。そして花畑のように美しい多くの灯火に護《まも》られている。ところが自分はなにを知っている？　乱気流と、山崩れのような激しさでこちらをめがけて押し寄せてくるこの夜と、黒い濁流のほかにはなにひとつ知らないのだ。誰であれ、この土砂降りの雨と、炎のように燃えたつ乱雲のなかに、二人の人間を放り出しておくことなどできるものではない。絶対にできはしない。だから指示はくる。「機首方位、二四〇度へ……」。そうすれば機首を二四〇度へ向ければいいのだ。ところが彼は孤立無援だった。

機器までがいうことをきかなかった。高度が下がるたびにエンジンが激しく震動し、機体全体が怒りに震えるようにわななく。ファビアンは機を制御することに全精力をそそいだ。計器盤に顔を近づけて水平儀を凝視する。というのも、機外ではもはや天地の境も見分けがつかず、なにもかもを溶解する闇のなかにすべてが失われていたからである。それはこの世の初源の闇だった。機体の位置を示す計器の針がますます激しく振れ始め、数値は読みとりにくくなっていく。こうして、翻弄《ほんろう》されたパイロットは悪あがきをするうちに高度を落とし、じりじりと闇の深みにはまり込んでいった。高度を読む。「五〇〇メートル」。これでは丘陵とおなじ高さだ。いくつもの頂きがめまいを起こさせる波頭になって自分にかぶさってくる気がする。ほんの一片で彼の体を粉砕してしまえるがっしりと硬い山塊《さんかい》が、のきなみ地中から根を引き抜かれ、たががはずれたように酔いしれたさまで周囲を回り出したことにも気づいた。山塊は彼をとりまいて暗い深淵の踊りを始め、ぐるぐると回るその輪がすこしずつせばまってくる。

ファビアンは覚悟を決めた。どこでもいい、激突するかもしれないにせよ着陸しよう。だがせめて山腹は避けようと、一発しかない照明弾を撃った。照明弾は火を噴き出して旋回しつつ、平面を照らし出して消えた。そこは海だった。

とっさに考えた。「だめだ、現在位置不明。修正方位は四〇度だったのに、なんにせよ流されていたんだ。暴風雨のせいだ。陸地はどこなんだ?」真西に方向転換して思った。「照明弾がつきた。もう死んだようなものだ」。どのみちいつかは死ぬのだ。だが後部座席の同僚が……。「たぶんアンテナを下ろしてしまったろうな」。だがそのことで相手をとがめようとは思わなかった。自分がぱっと操縦桿から手を放しただけで、二人ともたちまち命はない。はかない塵《ちり》のように消えてしまう。いまこの手のなかに同僚と自分の脈うつ心臓が握られていると思うと、とつぜん自分の両手が恐ろしくなった。

城門を突き破るいにしえの破壊槌《はかいづち》のように、乱気流が突き当たってくる。ファビアンは衝撃をやわらげようと全力で操縦桿にしがみついた。さもないと操縦桿のケーブルが切断されてしまうだろう。そのままずっとしがみつく。気がつくとあまりにも力を入れていたせいで指が痺《しび》れ、感覚がなくなっていた。指を動かそうとしたが、意志に従ったといえるかどうかわからない。腕の先端は、なにか手とは別のものになっていた。ぐにゃりと無感覚なゴムのようだ。「しっかり握っていると思い込むしかない」。

だがその考えが手に伝達されているのかさえわからないのだ。飛行の揺れは、もう肩の痛みでしか感じられなくなっていた。「もうすぐ操縦桿が逃げる。僕の両手は開いてしまう」。そんな言葉を思い浮かべると怖くなった。幻想という隠れた力に引きずられ、両手が闇のなかでゆっくりと開いていって、操縦桿を放してしまう気がしたのである。

ファビアンは、なお闘いつづけてチャンスに賭けることもできたろう。外的な運命というものはないからである。しかし内的な運命はある。自分の状況のあまりの脆《もろ》さに気づいた瞬間、めまいのようにふらふらと判断ミスへと引き寄せられていくのだ。

嵐の裂け目で頭上に光が輝いたのは、まさにこの瞬間だった。魚をとらえる簗《やな》の底の致命的な餌のように、いくつかの星があらわれたのである。

罠であると、充分に承知していた。穴のなかに光る三つの星、そこへ向かって上昇する、するといずれは降りられなくなり、どこまでも星をめがけておびき寄せられていくしかなくなる……。

だが光への飢えはあまりにも激しかった。彼は昇った。

16章

ファビアンの機は上昇していた。星の光に目が助けられ、乱気流を前より巧みにかわすことができた。青白く輝く星の磁石が彼を引き寄せる。長い間、ひとつでも明かりが見えないかとひどく苦しんできたいま、ごく微かな光でも手放すことなどできなかったろう。あかあかとした宿の灯など目にしたら、死ぬまで蛾のように周囲を回りつづけたにちがいない。それほど光を見たかった。そこへ光に輝く園があらわれたのだ。ただひたすらにそれをめざして昇っていった。

旋回しながらすこしずつ上昇していく。眼前で開いていき、背後でふたたび閉じていく井戸の中を昇るようだった。昇るにつれて雲は暗い泥の濁りを失って、しだいに白く澄んでいき、波のようにうしろに流れ去る。ファビアンは雲の上に浮かび出た。

驚愕《きょうがく》のあまり息をのんだ。あたりは目がくらむほど澄みきって明るかったからである。数秒間、瞳を閉じてしまうほどだった。夜なのに、雲がこうまで眩《まぶ》しく輝くことがあるとは夢にも信じられなかったろう。だが満天の星と満月で、雲海は光り輝く波に一変していた。

浮かび上がった瞬間から、郵便機は異様なほど静謐《せいひつ》な世界のなかにあった。静けさをかき乱すひと筋のうねりさえなかった。突堤を通り抜けて湾に入ったはしけ船のように、慎み深く鎮まった水域に浮かんでいたのだ。飛行機は、空のなかの誰も知らない隠された場所に入り込んでいる。そこは至福に満ちた島々のひそかな入り江に似ていた。嵐は下界で三〇〇〇メートルの厚さの別世界をつくっている。猛烈な疾風と豪雨と雷の世界だ。それなのにこの世界は、天空の星々に向かって水晶と雪でできた顔をみせているのだった。

生死のはざまの不思議な異界にたどりついてしまったとファビアンは思った。自分の両手も、着ているものも、飛行機の翼も、なにもかもが光り輝いている。しかもその光は上空からではなく下のほうから、周囲に積もっている白い雲から射してきていた。

眼下の雲は月光をあびて、その雪のように澄んだ白さであたり一面を輝かせていた。そそり立つ高い塔の群れに似た左右の雲の嶺も、同じように反射している。光は白い乳のように流れて機上の二人をひたしていた。うしろを振りむいたファビアンは通信士が微笑しているのを見た。

「状況改善！」と相手は声を上げた。

しかしその声は機体の駆動音にまぎれてしまい、二人がわかち合えたのは笑顔だけだった。

「われながら頭がおかしいな」とファビアンは思った。「笑うなんて。二人とも、もう終わりなのに」

それでも、ずっと彼をとらえていた無数の暗い腕から解放されたのは確かだった。ひととき花畑を歩くことがゆるされた囚人のように、縄は解かれていた。

「美しすぎる」とファビアンは思った。彼は星々が宝のようにびっしりと煌《きら》めくなかをさまよっていた。そこはファビアンと通信士のほかには誰もいない世界、まちがいなく誰ひとり生きていない世界だった。宝の蔵に閉じ込められて二度と外には出られないおとぎ話の盗賊のように、つめたい宝石に囲まれて、かぎりなく富裕でありながら死を宣告された身として、彼らはさまよっていたのである。

17章

パタゴニア地方の中継飛行場、コモドロ・リバダビアの無線電信技師があわただしい身ぶりを示した。周囲にひとが集まってくる。なす術《すべ》もなく夜の無線局で待機していた全員が、技師の手元をのぞきこんだ。

そこには白紙のまま、くっきりと照明に照らし出された紙があった。まだ技師の手はためらっていて、鉛筆は宙に浮いている。いくつかの音を拾っただけで、指がぶるぶると震え始めた。

「雷雨の機からの連絡か？」

技師は「そうだ」とうなずいた。ばちばちと雑音が入って聴きとりにくい。それからいくつか読みとれない記号を書きつけた。つぎに単語を。そして文に組み立てることができた。

「嵐の上方三八〇〇メートルで身動きとれず。海上に流されたため内陸にむけて真西に飛行してきた。下方は全面的に雲で塞《ふさ》がれ、いまも海上かどうかは不明。嵐は内陸まで広がっているのか知らせよ」

雷雨のなかでこの電文をブエノスアイレスに伝えるには、局から局へと渡していくしかなかった。この伝言は、塔から塔へと伝えられる狼煙《のろし》のように夜のなかをリレーされていった。

ブエノスアイレスはこう返信を指示した。

「嵐は内陸全土をおおっている。燃料の残量は？」

「あと半時間」

夜を徹した伝言者たちが、この言葉をブエノスアイレスまで順に送り返した。

二人の乗員は、半時間以内にふたたび暴風雨に突入しなければならない運命にあるということだ。そして嵐によって地表まで引きずり落とされる。死の判決だった。

18章

リヴィエールは黙想に沈んでいた。もはや希望はない。機の二人は夜のどこかに姿を消していくだろう。

幼かった日に強い衝撃をうけた、ある光景がよみがえった。ひとが池で溺れ、遺体を見つけるために池の水を抜いていたのである。あの時とおなじように、この重い闇の塊が大地の上から流れ去るまで、もう何も見つかりはしないだろう。砂や草地や麦畑の上に、太陽が姿をあらわすまでは。そのあと朴訥《ぼくとつ》な農夫たちが、たぶん二人の子供を見つける。肘を折り曲げて顔にのせ、眠っているようにみえる。金色に輝くのどかな草の窪地に打ち上げられた子供たち、だがその命は夜の底に溺れ、うしなわれてしまったあとなのだ。

リヴィエールは思いえがいた。伝説の海に眠る財宝のように、夜の懐《ふところ》深くに埋もれている宝……。林檎《りんご》の樹々がびっしりと蕾《つぼみ》をつけて朝を待つ。陽を浴びて花ひらくのを待っている。花の色はまだ闇のなかに閉ざされたまま、あたりを満たす蕾の香りと、眠る仔羊の群れを懐に抱いて、夜は豊饒だった。

肥沃《ひよく》な田畑、しっとりと濡れた森、みずみずしいクローバーが夜明けにむけてすこしずつ闇から浮かび上がってくるだろう。秩序を取りもどした世界のうちで、もはや敵意の消えた丘陵や、草原や仔羊の群れのただなかに、二人の子供は眠っているようにしか映らない。眼に見えるこの世界からもう一方の世界へと、なにかが流れ去ってしまったのだ。

夫を案じている、優しいファビアンの妻をリヴィエールは知っていた。貧しい子供に貸し出された玩具のように、夫の愛はごく短いあいだ妻に貸し与えられただけで取り上げられる。

ファビアンの手を思い浮かべた。最後の最後まで、なお運命を託す操縦桿を握りつづける手、それは妻を優しく愛撫した手だった。神の手のように女の胸のうえに置かれて心を震わせた手、顔をつつみ、その顔の表情を一変させた手、それは奇蹟の手だった。

まばゆい夜の雲海の上をいまファビアンはさまよっている。その下は死後の永遠の世界だ。自分しかいない星座のなかで帰り道は見失われてしまった。まだその手には生の世界をつかみ、胸元には運命の天秤をもっている。飛ぶという人間の豊かさを操縦桿に握りしめ、絶望しつつ星から星へと歩いているが、この宝はもはや使い道のない、まもなく返還しなければならないものだった……。

リヴィエールは思った。いまもなお無線局が機の声を聴いているだろう。音楽に似たひとつの音波、かすかな音の抑揚だけが、まだファビアンと世界をつないでいる。

それは嘆きでも叫びでもない。だがこれまでに絶望がかたちづくった、もっとも純粋な響きだった。

19章

ロビノーに話しかけられて、リヴィエールは孤独から引き戻された。

「社長、思ったのですが……こうしてみたらどうかと……」

示す案はなにもない、ただ善意を示したいのだった。もちろんロビノーも解決策を見つけたいのは山々で、パズルを解くような仕方で探してもみた。とはいえなにかを提案しても、リヴィエールにはついぞ受け入れられたためしがない。「わからないかね、ロビノー。人生に解決策などない。前に進む力があるだけだ。つまりその力を創り出すしかない、そうすれば解決策はあとからついてくる」。こうしてロビノーは、整備工たちを前に進ませる力を創り出すことだけを自分の役割と考えるようになった。つまりはプロペラの軸を錆《さ》びないようにするといったささやかな力である。

だがこの夜のできごとに対してロビノーはまったく無力だった。暴風雨に対しても、もはや亡霊のような乗員に対しても、監督官の肩書きはおよそ役には立ってくれない。二人の乗員は精勤手当てのためではなく、ロビノーの懲罰さえ無効にしてしまう唯一無二の罰、すなわち死を避けるために格闘していたからである。

こうして、いまは無用のロビノーは手もち無沙汰のまま事務所をうろうろしていた。

ファビアンの妻が面会を求めてきた。不安にかられながら、彼女は事務室で待っていた。事務員たちがこっそりと目を上げてその顔を盗み見る。妻はある恥ずかしさと怯《おび》えを感じて周囲を眺めた。すべてのものが自分を拒んでいたからである。屍《しかばね》を踏み越えるように仕事をつづける人びとも、ひとの命や懊悩《おうのう》が冷厳な数字の残滓《ざんし》としてしか記されていない書類も、室内のなにもかもが彼女を拒絶していた。ファビアンのことを語ってくれるしるしが何かないかと探してみる。家ではすべてが夫の不在を示していたのだった。カバーを半分折り返して整えたベッド、用意のできたコーヒー、花々……。だがここでは何ひとつ見あたらなかった。あらゆるものが憐れみにも友情にも思い出にも敵対している。誰もが彼女のまえでは声をひそめて話したので、例外的に耳に入った唯一の言葉は一人の従業員があげたののしりだった。「発電機の明細書はどうなってるんだ、くそ！　サントスに送るのに」。妻は顔を上げ、驚きのあまり茫然とした表情でその男を見つめた。それから妻のまなざしは地図が貼られた壁に向かった。唇がごくかすかにわなないていた。

気づまりのなかで彼女は見抜いていた。ここで自分は敵側の真実を浮き彫りにしているのだ。来たことをほとんど後悔し、いっそ隠れていたかった。目立ちすぎてはいけないという思いから、咳をすることも泣くこともがまんしていた。なにか異様で不謹慎なものとして、人前に裸のまま身をさらしているような気がする。それでも彼女の真実はあまりにも強烈だったので、その顔を読もうとしてはちらちらと盗み見る周囲の視線が執拗につづいた。彼女はとても美しかった。男たちに幸福の神聖さを思い起こさせるような女だった。彼女を見ると、ひとは行動することを通じて、これほど貴重なものを知らず知らず傷つけているのだという気持ちにさせられる。彼女はあまりにも多くの視線を感じて目を閉じた。ひとは知らないうちに、このうえない安らぎを破壊してしまうことがある、そう気づかせる女性だったのである。

リヴィエールは彼女を社長室に招じ入れた。

妻はおずおずと申し立てをおこなうために来たのだ。活けた花を、用意したコーヒーを、この若い肉体を、いったいどうしたらいいのか。事務室にもまして冷ややかな社長室で、またかすかに彼女の唇が震え出す。この別世界で、彼女自身もまた自己の真実が言葉にならないものであることに気づいていた。自分にまつわるすべてのもの、ほとんど野生のような烈《はげ》しい愛、献身的な熱情は、ここではうとましく利己的なものでしかないように思われた。逃げ出したくなってくる。

「おじゃまでしょう……」

「奥さん」とリヴィエールは呼びかけた。「そんなことはありません。ただあいにく、あなたもわたしも待つしかないのです」

彼女は弱々しく肩をすくめた。リヴィエールにはその意味が理解できた。「いま家で、またあのランプや、したくのできた食事や、飾ったお花を眺めていたって……」。いつか若い母親にうち明けられたことがあった。「うちの子は死んでしまったのに、いまだにそれが理解できないんです。つらいのは小さなことです。あの子の着ていたものが目に入ったり、夜中に目がさめて、いとおしさがわきあがってくるのに、もうどこにもその行き場がないとわかるとき。お乳とおなじです……与えようがないんです」。眼前の女性にとっても、明日からすこしずつファビアンの死が始まる。こののち虚しいものになるさまざまな行為のひとつひとつ、物のひとつひとつの内側で死が始まっていく。そしてファビアンはゆっくりと自分の家から去っていくのだ。リヴィエールは深い憐憫《れんびん》を押し隠した。

「奥さん……」

若い女は帰っていった。ほとんどへりくだったような微笑を浮かべ、自分のもつ圧倒的な力に気づいてはいなかった。

リヴィエールは腰をおろした。いくらかぐったりしていた。

「だがあの女性は、わたしが探しているものを見出す助けになってくれる……」

北部各地の中継飛行場から届いた保安報告の電報をぼんやりと指でつついて、こう思った。

「われわれは、永遠なるものであろうと願っているのではない。そうではなく行動やものごとが突然意味を失う事態を目にしたくないと願っているだけなのだ。そういう事態になると周囲に空虚が立ち現われてくる……」

電報の上に視線が落ちた。

「そう、この仕事ではこういうところから死が忍び寄ってくる。たとえばこの保安報告じたい、もう意味を失っている……」

ロビノーに視線をなげた。この凡庸な人物はいまや役に立っておらず、なんの意味もない。リヴィエールはほとんど叱りつけるように言った。

「わたしから君に仕事をあてがってやらなければいかんのか？」

それから広い事務室に通じる扉を開けると、そこでファビアンの喪失を告げるあからさまなしるしを見つけて打ちのめされた。ファビアン夫人には知る術《すべ》もなかったしるしだった。壁の一覧表で、ファビアンの搭乗機ＲＢ９０３便のカードはすでに使用不能機材の欄に分類されていたのである。欧州便のための書類をととのえていた事務員たちは、便の出発が遅延することを見越してろくに働いていなかった。発着現場からは電話がきて、目的もなく夜じゅう待機しているスタッフをどうしたらいいのかと指示を仰いでいた。会社の生命機能が衰えているのだ。「これこそ死だ！」とリヴィエールは思った。彼の事業は、凪《なぎ》の海で停まったきりの帆船に近いものになっていた。

ロビノーの声が聞こえた。

「社長……。新婚六週間なんです、あの二人は」

「仕事をしたまえ」

リヴィエールはじっと事務員たちを見つめていた。さらに心のなかでは作業員や整備工やパイロットを、ひとつの分野の礎を築くという信念でこの事業を支えてきた全員を見つめていた。かつて、遠くにあるという豊かな島々の話を耳にして、そこへ行こうと船を建造した小さな都市の人びとに思いをはせた。彼らは大航海に希望を託し、海に浮かぶ帆がひとに希望を与えることを願ったのだ。その船によって人びとは偉大になり、自己の限界をつき破って解き放たれた。「おそらく目的がなにかを正当化することはない。だが行動はひとを死から解き放つ。あの人びとは船と航海によって、のちの世まで生を永らえることになったのだ」

そしてリヴィエールも死に抗して戦うだろう。さきほどの電報はふたたび意味をとり戻し、夜を徹して飛ぶパイロットや通信士を気遣う状態がよみがえる。重大な目標が戻ってくる。海上の帆船が風に吹かれてよみがえるように、この活動にふたたび命が吹き込まれてよみがえるとき、彼は戦うことだろう。

20章

コモドロ・リバダビアではもう何も受信できなかった。だが二〇分後、一〇〇〇キロ離れたバイアブランカが別のメッセージをとらえた。

「降下中。雲に入る……」

ついでトレレウの局が、不明瞭な文のなかから二語だけを拾った。

「……なにも見えない……」

短波とはこうしたものである。あちらには届くのに、こちらでは聞こえない。かと思うと、わけもなくがらりと受信状況が変わる。もはや現在位置も不明な乗員たちが、はやくも時空のかなたから生者の眼前に姿をあらわしていた。無線局の白紙に文字を書いているのは幽霊たちだった。

燃料切れか、それともパイロットはエンジンが停止する寸前に最後の切り札を切るのか、つまり激突を避けて不時着を試みるのか？

ブエノスアイレスの声がトレレウに命じた。

「不時着を要請せよ」

無線電信室は実験室に似ている。ニッケルの部品、銅製品、圧力計、導線回路。夜勤のオペレーターたちは白衣をまとって沈黙し、まるで素朴な実験のためにかがみ込んでいるようにみえる。

その繊細な指先で機器に触れ、電波の空を探索していく。彼らは黄金の鉱脈を探す占い師たちなのだ。

「応答なしか？」

「応答なしです」

命をあらわすその音を、彼らはきっと拾ってくれるだろう。飛行機と計器盤を照らす灯火が星々の間をふたたび昇っていくのなら、きっと星の歌声まで聴きとってみせることだろう……。

一秒ずつ時が流れ去る。かけがえのない血のように流れ去っていく。まだ飛びつづけているのだろうか？　一秒ごとに生存の希望が失われていく。だからこそ、流れ去る時間は破壊のしるしにみえるのだ。そびえたつ神殿も二〇〇〇年という時間のうちには崩れ去る。花崗岩は時に穿《うが》たれ、建物は塵に還っていく。だが何世紀もかけて進むそんな摩滅の道程が、いまは一秒のなかに凝縮されて、乗員たちを追いつめていた。

一秒ごとに、なにかが奪い去られていく。ファビアンの声、ファビアンのあの笑い、あの微笑。かわりに沈黙がじりじりと広がっていく。その沈黙が次第に重さを増していき、海全体の重さのように乗員の上にのしかかっていく。

ついに誰かが気づいた。

「一時四〇分だ。燃料がつきた。もう飛んでいるはずはない」

静けさが広がっていく。

旅が終わったように、なにか苦い、味気のないものが口許までこみあげてくる。なにかよくわからないものが終わりを迎えたのだ。軽い吐き気を催させるようななにかが。いまニッケルの部品や銅製のケーブルの間で、誰もが廃墟になった工場に漂うわびしさを感じていた。すべての機材は重苦しい、無用の廃材にしかみえない。枯れ枝の重みにすぎないのだ。

あとは夜明けを待つだけだった。

あと数時間でアルゼンチン全土が太陽の下に姿をあらわす。そして砂浜に網が引き上げられてくるのを見つめるときのように、ひとはただじっと立ちつくすだろう。浜にゆっくりと引かれてくる網、だがそこに包まれているものがなんなのかは誰も知らない。

リヴィエールは社長室で、大惨事だけがもたらす弛緩《しかん》を味わっていた。破滅の運命が人間を解放したときの感覚だった。この地の警察組織を総動員してまで非常態勢をとらせたあとに、できることはもうなにもない。待つだけだった。

しかし、たとえ死者の家でも秩序は保たれなければならない。ロビノーに指示を出した。

「北部各地の中継飛行場に電報だ。〝パタゴニア便は大幅に遅延する見込み。欧州便への遅延波及を避けるため、パタゴニア便の積み荷はあとの便にふり替える予定〟」

リヴィエールはわずかに前かがみに体を折った。だがそこでこらえて、なにかを思い出そうとつとめる。だいじなことだ。ああ、思い出した。忘れないうちに相手を呼び止める。

「ロビノー」

「はい」

「文書で通達してくれ。〝パイロットはエンジンを一九〇〇回転以上で駆動させてはならない〟。壊されてはたまらん」

「承知しました」

リヴィエールはさらに深く前かがみになった。なによりもまず一人にならなければならない。

「行っていいよ、ねえロビノー君。もう行っていいからね……」

影のような人間でしかない自分にそんな対等なもの言いをする。ロビノーは怯《おび》えた。

21章

ロビノーはいま、鬱々《うつうつ》とオフィスをさまよっていた。会社の生命活動は停止してしまっている。なにしろ午前二時に離陸を予定していた欧州便の指示が解かれるはずで、もはや朝まで出発しないだろうから。従業員たちは硬い表情で夜勤をつづけてはいたものの、それじたい意味をなさない夜勤だった。北部各地の飛行場からはいまだに規則正しく保安報告が届いていた。だが「快晴」「満月」「無風」といった気象状況を伝えるその報告が、むしろ王国の不毛を浮かびあがらせる。この王国は月と石だけの砂漠であるかのようだ。ロビノーはわけもなくぱらぱらと書類をめくっていた。それは事務長が扱っていた書類だった。ロビノーは、事務長が自分のすぐ前に立ったまま、書類を返してもらおうと慇懃《いんぎん》無礼《ぶれい》に待っているのに気がついた。こう言いたそうだった。「もうよろしいでしょう？　それはわたしの仕事なんですが」。部下のその態度に腹が立ったが、返す言葉もないまま、いらいらと書類をつき返した。事務長は尊大なようすで席に戻った。「あんな男はとっくの昔に辞めさせておけばよかった」と思う。それから平静をよそおって、こんどの悲劇を思いながらすこし歩いた。さぞ政府筋の不興を招くだろう。二重の打撃にロビノーは泣きたかった。

ついで、むこうの社長室にこもっているリヴィエールの姿が心に浮かんだ。なにしろこう言われたのだ。「ねえロビノー君……」。あそこまで拠《よ》りどころを失った人がいるだろうか。強い同情に胸をうたれた。それとない悔やみの言葉、なぐさめの表現が脳裡《のうり》をよぎる。その同情の念がじつに美しいものに思われて力がわいた。そこで扉をそっとノックしてみた。返事はない。しんと静まっているので強く叩くのは気がひけて、そのまま扉を開けた。リヴィエールはそこにいた。ロビノーは社長室に入りながら、はじめて対等の気分でいた。ちょっと友人のような気さえする。頭のなかには、銃弾の雨をかいくぐって、負傷した将軍のもとに駆け戻り、敗戦の逃避行に寄り添う軍曹のような思いがあった。そして亡命の地で二人は兄弟のようになるのである。「どこまでもあなたとご一緒します」と言いたそうだった。

リヴィエールは無言でうつむき、自分の両手を見つめていた。ロビノーは前に立ったきり口がきけなかった。たとえ打ちのめされてはいても、この獅子はやはり彼を威圧するものをもっていた。ますます忠誠心に酔いながら台詞《せりふ》を考える。だがロビノーが顔を上げるたび、深くうつむいた顔、白髪まじりの髪、きつく結ばれた唇が目に入るだけなのだ。なんという深い苦悩だろう。やっとの思いで覚悟を決めて、

「社長……」

リヴィエールが顔を上げ、こちらを見た。もの思いに沈んでいたのだ。あまりにも深く、あまりにも遠くにいて、おそらく誰かがいることにさえ気づいていなかったのだろう。その心のうちでなにを考え、なにを感じ、なんの喪に服していたのか、なに

ひとつ知る術《すべ》はない。そのまま長い間、なにかの証人でもあるかのようにじっとこちらを見つめている。ロビノーはきまりが悪くなった。しかも相手の唇には、しだいに不可解な皮肉の表情が浮かんでくるのだ。ロビノーの顔が赤くなっていく。それを見ているリヴィエールの目には、この男があふれるばかりの善意をいだきながら、あいにく人間の愚かしさをおのずと証明するために来たようにみえるのだった。

見られる側はうろたえきっていた。もう軍曹も将軍も弾丸の雨もあったものではない。いわく言いがたい何かが起きている。リヴィエールのまなざしは変わらない。やむなくロビノーは少しばかり物腰をあらためて、ポケットに突っ込んでいた左手を外に出してきちんとした。相手はまだ見つめている。しかたない。なぜかわからないまま、このうえなく気まずい思いで言葉を発した。

「ご指示をいただきにまいりました」

するとリヴィエールは懐中時計を取り出して、簡潔に告げた。

「午前二時だ。パラグアイ便が、アスンシオンから二時一〇分に到着する。二時一五分には欧州便を離陸させるように」

ロビノーはこの驚くべき知らせを部下たちに伝えた。夜間飛行は中止されない。それから事務長に言いわたした。

「さきほどの書類を持ってきてくれ。点検する」

事務長が前にやって来ると、こう言った。

「待っていたまえ」

そして事務長は待った。

22章

アスンシオンから飛んできた郵便機が、着陸態勢に入ったと伝えてきた。

リヴィエールは今夜の最悪の時間帯にも、この便の順調な歩みを電報から電報へと見守っていた。彼にとっては大混乱のさなかの雪辱戦であり、信念の証明にひとしかった。この順調な飛行は、ほかにも無数の順調な飛行があることを告げてくれる。「毎晩、暴風雨になるわけではない」。そしてリヴィエールはこうも思った。「いったん航路をひらいた以上、あとはつづける以外にないのだ」

花が咲きみだれる愛らしい庭のような国、パラグアイ。低い家並みと、ゆるやかな河川や湖にめぐまれたその土地から、いくつもの中継地を飛びついでブエノスアイレスまで南下してきた飛行機は、ずっと暴風雨の圏外をなめらかに飛んでいた。星ひとつの翳《かげ》りもない空だった。九人の乗客は機内で毛布にくるまって、宝石がびっしり並んだショーウィンドーを眺めるように、窓に額をつけて外を眺めている。夜のさなか、アルゼンチンの小さな街々はなにもかもが輝いて、星空がつくる薄い金色の街よりもさらに黄金の輝きを燦然《さんぜん》と放っていたからである。パイロットは前方の操縦席で、ひとの命という貴重な積み荷をその手に担い、羊を守る牧人のようにしっかりと目を見ひらいている。その瞳には満月が映っていた。すでにブエノスアイレス市街地のばら色の灯が地平を染めて、伝説の秘宝さながらに積み上げられた貴石の煌《きら》めきをみせている。通信士の指からは最後の電文が打ち出されていく。一曲のソナタをしめくくる最後の一連の音符のように空の上で喜ばしげに弾かれるその歌を、リヴィエールはよく知っていた。それから通信士はアンテナを下ろし、軽く伸びをして、あくびをすると微笑する。さあ着いた。

着陸したパイロットは、欧州便のパイロットがポケットに両手を突っ込んで、機体にもたれているのを見た。

「この先はおまえが飛ぶのか？」

「そう」

「パタゴニア便は着いたのかな」

「いや、待たないで行く。行方不明なんだ。天気はどう？」

「天気はすごくいいよ。ファビアンが行方不明？」

彼らはほとんど言葉をかわさなかった。兄弟同然の仲間のあいだに言葉はいらなかった。

パラグアイ便の荷が欧州便に積み替えられた。欧州便のパイロットはまだじっと機体の胴部にもたれたままで、頭をそらせて星を眺めている。そのうち自分のなかに巨大な力が湧いてきて、強い歓喜が全身に満ちた。

「積めたか？」と誰かの声がした。「よし、エンジン接続《コンタクト》」

パイロットはまだ動かない。作業員たちが機のエンジンをかけている。もうすぐパイロットは機体にもたれた両肩で、飛行機が命を帯び始めたのを感じるのだ。そしてようやくほっとする。飛ぶ、飛ばない、やはり飛ぶという不確かな情報に、さんざん振りまわされたあとだった。半ばひらいた彼の口許で、若い獣のような歯が月の光を反射していた。

「気をつけて行けよ、夜なんだから！」

仲間の忠告も耳には入らない。ポケットに両手を突っ込んで頭をそらせたまま、彼は雲と山と海と向き合っていた。ふと無言の微笑が顔にうかんだ。かすかな笑い、だが一本の樹を吹きぬけていく風のように全身を震わせていく。かすかな笑い、だがそれは雲や山や海よりも、なお強い笑いだった。

「どうした？」

「あのリヴィエールの野郎……。おれが怖がってると思ってるんだ！」

23章

一分後には、欧州便がブエノスアイレスの市街上空を通過していくだろう。戦闘を再開しつつあるリヴィエールは、その爆音を聴きたいと願った。星々のあいだを歩んでいく戦士たちの迫力に満ちた靴音のように、爆音が生まれ、轟《とどろ》き、消えていくのだ。

腕組みをしたリヴィエールが事務室を横切っていく。窓の前で立ちどまり、耳をすませ、思いにふける。

一度でも出発を見合わせていたら、夜間飛行をつづける根拠は失われていたにちがいない。しかし明日、気の弱い人びとが非難を始めるのに先んじて、リヴィエールは夜のうちに別の乗員を空に解き放ったのである。

勝利。敗北。そうした言葉はおよそ意味をなさない。生きることはそうした観念の足元で、すでに新しい観念をかたちづくりつつある。勝ったためにかえって民の力が弱まることもあれば、負けたために民が目覚めることもある。リヴィエールを襲った敗北は、おそらく来《きた》るべき真の勝利に結びついていくための約束なのだ。ものごとが進みつづけることこそが重要なのだった。

あと五分もすれば、無線局がすべての中継飛行場に知らせを送る。一万五〇〇〇キロにわたって電波という命の震えが行きわたり、あらゆる障害を克服していくことだろう。

パイプオルガンの歌声のような爆音が、すでに空を昇っていく。飛行機が飛んでいくのだ。

そしてリヴィエールはゆっくりとした足どりで仕事に戻っていく。周囲では事務員たちが、彼の厳しい視線のもとでうつむいている。偉大なるリヴィエール、勝者リヴィエールは、いま勝利の重みを担っていた。

序文

アンドレ・ジッド

以下は原作初版のために書きおろされたアンドレ・ジッドの序文である。当時まだ無名に近かったサン＝テグジュペリに対する大家の支持と文学的慧眼《けいがん》をよく伝える文章であるが、作品を読み終えたのちのほうがはるかに理解しやすい踏み込んだ内容をそなえている。このため本文のうしろにおいた。

（訳者）

航空会社にとってたいせつだったのは、速さにおいてほかの交通手段をしのぐことだった。それは『夜間飛行』のなかで、みごとな統率者として描かれるリヴィエールが説明するとおりである。「わたしたち航空業にとって、夜間運航をおこなえるかどうかは死活問題なのです。鉄道便や船便を相手に、昼間は速度で優《まさ》っても、夜がくるたびそのぶんが帳消しになってしまうのですから」（本書76～77頁）。飛行機の夜間運航は、始まったばかりのころは厳しく批判されたが、まもなく容認されるようになり、やがて試験的な運用をへて、危険性の度合いをみきわめて実用化された。だがこの作品に描かれた時点では、まだきわめてむこうみずな冒険だったのである。空路にはただでさえ漠然とした不測の脅威がつきまとうのに、そこへ夜という油断のならない神秘性が加わる。そうした危険はいまもけっして小さくなってはいないものの、とりいそぎ私から申し添えておくと、日に日に減ってきてはいて、毎回の飛行のたびにすこしずつ改善され、安全なものになりつつある。それでも、かつて人類が前人未到の地を探検したのとおなじように、航空界にとっても黎明期《れいめい》における英雄時代というものがある。そして『夜間飛行』はその空の開拓者たちの悲劇的な冒険を描いて、ごく自然に叙事詩の趣きをそなえた作品になっているのだ。

私はサン＝テグジュペリの第一作『南方郵便機』も好きだが、今度の作品はもっと好きだ。『南方郵便機』では驚くような克明さで飛行士の追憶が語られ、感傷的な恋愛のかけひきとあいまって読者を主人公に近づけてくれる。それがまた、なんとも優しく敏感な主人公なのだ。ああ！ そして読者は人間的で傷つきやすい主人公の感情にうたれる。もちろん『夜間飛行』の主人公が非人間的だというのではない。だが超人的な徳へと自己を高めている人物だ。このどきどきするような物語のなかでとりわけうれしく感じるもの、それはこの高貴さである。人間のさまざまな弱さ、諦念、零落、それは今日のほかの文学でおなじみであるが、そういうものはあまりにも巧みに描かれているというにすぎない。しかし張りつめた意志を通じて得られる超越性こそ、私たち読者の眼前に示してもらうべきものではあるまいか。

パイロットたちの姿にもまして驚嘆させられるのは、彼らの上司リヴィエールである。彼自身は行動しない。行動させるのだ。自身の徳の息吹を部下のパイロットたちに吹きかけて彼らに最大限を要求し、壮挙を強いる。彼の冷徹な決定はひとの弱さを黙認しない。ごくちいさな過失でさえ処罰されてしまう。その厳格さは、はじめのうち一見非人間的で、行き過ぎにみえるかもしれない。しかしとがめられているのは不完全さであって、人物そのものではない。リヴィエールは人間を鍛えあげようとしているのである。リヴィエールを描く筆には、作者のあらゆる賛嘆の念が汲《く》みとれる。ここで描かれたのは、人間の幸福が、自由のなかにあるのではなく、責務を引き受けるなかにあるという逆説である。この逆説的な真実に光をあててくれたことについて、ひときわ作者に感謝したい。それは私にとってとりわけ重要な心理的観点なのである。この書物に登場する人物は誰もみな自分のなすべき義務や危険な任務に情熱をもって全力を投じ、それを遂行し終えてはじめて幸福な平安を手にいれる。リヴィエールがおよそ冷淡ではないこと（行方不明になったパイロットの妻の訪問をリヴィエールは迎えるが、これほど心をうつ挿話もない）、また命令を与える側には、その命令を遂行するパイロットに劣らないほどの覚悟がいることも読者は読み取ることができる。

「ひとに好かれたければ、ひとの気持ちに寄り添ってみせればいい。だがわたしはそんなことをまずしないし、心で同情していても顔には出さない。……ときどき、自分で自分の力に驚くほどだ」(本書74〜75頁)とリヴィエールは語る。こうも述べる。「部下を慈《いつく》しめ。だがそれを口に出すな」(46頁)。

つまり、リヴィエールもまた義務の感情に支配されているのである。「リヴィエールには、愛するという責務よりさらに重い責務があるという漠然とした感覚があった」(99頁)と作者は書いている。ひとは自己のうちに最終的な目的を見出すことはない。何であるかがわからないままに従い、犠牲を払うこと、それがひとを支配するのだ。それが生きるということだ。人類に火を与えたプロメテウスに、私は自作の『鎖を離れたプロメテ』でこう語らせたことがある。「私は人間を愛しているのではない。人間をむさぼり尽くすものを愛しているのだ」。それを逆の方向から語る言葉「漠然とした感覚」を、この『夜間飛行』に見出してうれしく思う。それこそあらゆるヒロイズムの源なのだ。リヴィエールは語る。「ひとの生に価値がないとしてみよう、われわれはいつも、それ以上に価値の高い何かがあるようにふるまっているのだから……。だが、その何かとは何なのか?」(98頁)。作者はこうも書く。「おそらくは救うべき別の何か、より永らえる何かが存在するのだ。おそらくは人間のその領域に属するものを救うために、リヴィエールは働いているのではないか」(99頁)。まさにそのとおりである。

いまはヒロイズムという概念が、戦士のうちにさえ見失われつつある時代である。化学者たちが来るべき恐怖を予見させてくれる未来の戦争において、男性的な美徳というものは捨て去られる危機に瀕しているからだ。こんな時代にこそ、私たちは飛ぶという行為のなかに、このうえなくみごとに、そしてこのうえなく有意義に勇気というものを目にすることができるのではないだろうか。無謀といわれるであろうことも、任務においてはちがうものになる。命を危険にさらすパイロットは、世間で「勇気」と呼ばれるものなど鼻で笑ってみせるある種の権利をもっている。すこし前のものではあるけれど、サン＝テグジュペリからの手紙を引用してもゆるしてもらえるだろう。これは彼が、カサブランカ－ダカール間の航路をより安定したものにするために、モーリタニア上空を飛んでいた頃のようすを伝えてくれる。

「いつ帰国できるかわかりません。この数カ月、ずいぶん働きました。行方不明になった同僚たちを捜索したり、砂漠の非同盟地帯に落ちた飛行機を修理したり、何度かダカールに郵便を運んだりしていたのです。

先日、ちょっとした偉業をなしとげたところです。飛行機を一機救出するために、二昼夜にわたって一人のムーア人と一人のエンジニアと過ごしたのです。いろいろと深刻な危機がありました。銃弾が頭の上をかすめていく音なんて初めて聞きました。その状況で自分がどうなるのか、ついにわかったというわけです。なんとムーア人たちよりはるかに冷静だったのですよ。ですが、これまでつねづね不思議に思ってきたことについても納得がいきました。それはなぜプラトンが(それともアリストテレスだったかな)あらゆる美徳のなかで勇気をいちばん低い順位においたのかという理由です。勇気というのはりっぱな感情から生まれるわけではないのです。あれはすこしの憤怒、すこしの虚勢、たっぷりの頑固さ、あとは他愛ない、スポーツのような快楽から生まれるのです。とくに肉体的な力の興奮ですね。これはもう、見るべきものはまるでなしです。それならシャツのボタンをはだけて腕組みでもして、大きく呼吸をすればいい。そのほうが快適なくらいです。夜に危機が起きたときなどはもう、われながらあきれるばかりの愚行をしているという思いが混ざってきます。あるのは勇気だけという人物など、ぜったいに賞賛するつもりはありません」

この引用にそえる銘文としては、ルネ・カントンの著作から(あまり好きな作者ではないのだが)つぎの格言をかかげることができるだろう。

「ひとは愛を隠すように、勇敢さを隠す」。あるいはこちらのほうがいいかもしれない。「善良なひとが施しを隠すように、勇敢なひとは自己のおこないを隠す。そして偽るか、弁解をするのだ」

サン＝テグジュペリが語るすべてのことは「とことん知り抜いたうえで」語られている。しばしば危険に直面してきた人物が語ったものとして、彼の書物には誰にもまねのできない真実味がそなわっている。私たちは戦争や冒険について、想像で書いた物語を山のように読んできた。そうした物語は、ときおり作者が器用な才能をかいま見せることはあっても、真の冒険家や戦士が読めば微笑を誘うものでしかない。私はサン＝テグジュペリのこの作品の文学的価値に感嘆させられるが、いっぽうで、ひとつの記録としての価値にも感嘆する。ふたつの面での質の高さが一体になって『夜間飛行』はたぐいまれな重要性をそなえているのである。

解説

二木 麻里

〈作品と作者の輪郭〉

『夜間飛行』は、一九三一年にフランスのガリマール社から刊行された。童話『ちいさな王子』で知られるアントワーヌ・ド・サン゠テグジュペリの、小説における代表作である。刊行年は、一九〇〇年六月二九日に生まれたサン゠テグジュペリが三一歳を迎えた年にあたる。

この作品は小型飛行機の墜落事故を題材とし、そのころ南米と欧州を結んでエアメールを運んでいた郵便空輪にまつわる一夜の状況を描いている。詩のように息づく繊細な文体、劇的な展開、そして夜空を飛ぶという斬新なテーマと深い人間的洞察が人びとに感銘をあたえ、サン゠テグジュペリに作家としての名声をもたらすことになった。

自身も郵便機のパイロットであった若いサン゠テグジュペリがそれまでに発表したものは、長篇と短篇一作ずつにかぎられており、すでに比類ない感性を示しながらも、それらの社会的評価はまだ「飛行士が小説を書いた」という位置づけに近いものであった。だが『夜間飛行』は、実際の体験にもとづきつつ、高度な創作性によって現実を濾過し、透明に昇華したみごとなできばえで注目を集めた。文壇の重鎮アンドレ・ジッドの惜しみない支援――事実上の絶賛――を得て世に送り出されたこの作品は、そのまま同年のフェミナ賞を受賞する。選考は一五票のうち一二票までを獲得する圧勝だった。

翌三二年にはただちにアメリカで翻訳が刊行され、『夜間飛行』にさきだつ長篇第一作の『南方郵便機』も三三年には英訳が出版される。おなじ三三年には早くもハリウッドのMGMによる映画『夜間飛行』が封切られ、これには第一線の華やかな俳優が顔をそろえている。さらには、高名な調香師ジャック・ゲランがこの小説から着想をえたという香水『夜間飛行』までが発表される展開になった。

こうしてサン゠テグジュペリをいわゆる社会的名士の立場においた一作ではあるものの、自身は伯爵の位をもつ名門の出でありながら、空を飛ぶという危険の多い行為から終生身を離そうとはしなかった。幾度もの墜落事故や不時着の経験を含め、貴族としては特異な生を選んだこの作家は、のちに第二次世界大戦のさなか、フランス空軍の少佐としてコルシカ島から偵察機で飛び立っていったきり消息を絶つ。一九四四年七月三一日、四四歳だった。地中海から遺品が発見されるのは、それから半世紀以上のちのことになる。

生前に書物として刊行された作品は『南方郵便機』『夜間飛行』『人間の大地』『戦う操縦士』『ちいさな王子』『ある人質への手紙』である。この六点をはじめ、残された作品はそれぞれに独自の魅力をたたえているが、そのなかでも『夜間飛行』はひときわ精巧な構造をもつ、様式美に満ちた作品である。

『夜間飛行』の文体

冒頭すぐに、読者はサン゠テグジュペリの文体が示す鋭敏な感性にとらえられる。夕暮れの静寂のなかをゆるやかに流れていくちいさな飛行機の影は、不思議な憧れと懐かしさ、喪失をよびさます。

作品の文体は静謐で、優れた素描のような簡素さと品がある。同時に、どこかしら口ごもってもいる。使われているフランス語はきわめて教養のたかいものであるのに、語られないことの多い内気な文体である。

実際にサン゠テグジュペリはこの作品で、草稿から多くの記述を落とし、妥協なく削ったことがわかっている。たとえば11章には政府との交渉にまつわる描写や随想があり、13章では地上勤務者たちのやりとりが長く描かれていた。

仕上がった原稿は高い完成度をそなえたものになった。しかし読者が文と文の間に不思議な空隙《くうげき》のようなものを感じることがもしあるなら、その印象は正しい。そぎ落とされた多くの背景は行間に漂い、微妙な余韻となって、無言のまま何かを語りつづけている。それは作者が優れた編集をおこなったことを示唆している。物語の、目にみえる舞台の外におかれたみえない光景までが、生きて呼吸をしているからである。

この小説を書いたまだ若いサン゠テグジュペリは、声高に感情をおしつけようとはしていない。ときにはかんたんな説明さえも拒みつつ、読者にむけて、ぎりぎりに抑制された簡素な声だけを残している。

その簡素さの詩的到達点が、死の前年に発表された『ちいさな王子』だといえるだろう。いっぽう『夜間飛行』は遠ざかる空のような感性のなかで、あえて渾身の力をふるって生身の苦悩や地上の軋轢《あつれき》、絶望的な恐怖や希望を、小説という枠組みのなかで語ろうとした緊迫感をたたえている。青年期の総決算にあたるこの作品で、サン＝テグジュペリは最後にモラルや人間的勝利を語っているようにみえるが、その無口な激しさで、じつは愛を語っているのだ。鋭い感受性はこの強い緊張と言語的禁欲をくぐり抜けたのち、回想録に近い『人間の大地』でようやく寛《くつろ》いだ、のびやかな声を響かせる。このとき三十代の終わりにさしかかっていた。『夜間飛行』『人間の大地』『ちいさな王子』という三つの作品の文章は、サン＝テグジュペリの創作において、それぞれに異なる美しい頂点をかたちづくっている。

無言の領域で豊かに語る、本質的に寡黙な詩人という資質は、欧州文化圏の一流の書き手のなかではむしろ例外に属する。そこになみいる天才は、概して「語りえないものを語りつくす」大魔術師たちだからである。サン＝テグジュペリはその誰とも異なる。むしろ、どこかで宮澤賢治に通じるような資質である。

それは子供らしさといってもいい。たんなる幼稚さとはもっとも遠い意味での、複雑で天才的な、透徹した未成熟性である。常識という厳重で正当な檻のなかから、一瞬でやすやすと外へ抜け出していく鍵——子供のまなざし——がそこにはある。驚嘆するような柔かい感受性、あるいは理性が侮蔑する大破綻のただなかで、理性のあらゆる矛盾をあっさり見抜いて静かに笑い出すような直観が、サン゠テグジュペリの視線にはひそんでいる。そして『銀河鉄道の夜』のように『夜間飛行』は、語りえないものを語らないままに愛するという稀な仕方を通じて、かけがえのない真正性に達している。

『夜間飛行』の構造

文章が詩的であるかたわら、『夜間飛行』にはただならぬ設計力をみてとることができる。サン゠テグジュペリはトランプ手品の名手であると同時に、いくつもの特許をもつ工学技術者でもあった。だがその事実を知らなくとも、この人物が頭脳的な戦略に優れ、論理的なインスピレーションが並み外れて豊かであったことは、作品から実感できる。あの内気で繊細なタッチと、このシャープで冷静な計算が同居しているありさまは異次元のようで気づきにくい。だが最良の作家の最良の奇蹟は作品のなかにあることがわかる。

◆時間設計

『夜間飛行』は全二三章からなる。状況を定め、人物を配置していく前半を提示部（1〜9章）、場面が転換する10章をきっかけとして、郵便機を襲う暴風雨による危機が本格的になる後半を展開部（10〜21章）とみることができる。郵便機が墜落し、事態が決した後のありさまを告げる最後の二つの章は終結部といえる（22・23章）。

悲劇の頂点をなす郵便機の墜落は20章におかれている。物語は淡々と語られ始めながら、この瞬間にむかって無駄のない足どりで高められていく。その流れを支える鍵はサン゠テグジュペリの次の時間設計にある。

a　全体の時間枠のみじかさ
b　展開速度の上昇
c　できごとの生起順と記述順の入れ替え

a　全体の時間枠のみじかさ

この小説は、ある夕暮れにつつがなく飛行中であった郵便機が、その夜一時四〇分には墜落に至る事故の経緯を主軸としている。物語全体の時間はこの当日に限られ、最も長く見つもっても半日以内、おそらくは一〇時間ほどと推定される。当日に至る背景の説明も、登場人物の回想などを通じて進行時間の枠内でなされている。この厳しい設定のために物語は弛緩する間がない。

b　展開速度の上昇

提示部と展開部では、物語の時間配分に八対二ほども差がある。前半にあたる提示部全九章では夕暮れから真夜中頃までが描かれており、だいたい八時間ほどと考えられる。内容上も平穏な日常のできごとがゆっくり流れていく。いっぽう展開部全一二章で、事態が異常な局面に突入し、決着がつくまでは午前〇時から二時までしかない。一二もの章のできごとが二時間の枠内におさまっている。この後半の展開の多角性、展開速度の上昇が読み手の臨場感をうながす。読み進む速度を考えるなら、ほとんどリアルタイムの進行感といってよい。

また、この展開部に入ると具体的に時刻が示されるようになる。提示部では特定の時刻がほとんど示されず「夕暮れ」「夜」といったゆるやかな表現にとどまっている。だが展開部以降は「夜中の〇時」「一時一〇分」など、しばしば登場人物によって時刻が口にされる。直接の言及がない章でも、前後のつながりによって、ほぼきれいに時刻を推定できるように書かれている。いわば〝事態発生〟の午前〇時を起点に、画面の隅に時計が掲げられるのである。このあとに表として掲げておく。サン＝テグジュペリは、墜落までの航続時間という飛行上の絶対的条件をはっきりと意識して、事態のリアルな進行を冷静に演出している。

展開部の二時間の枠のなかでも、とりわけ悲劇が頂点にさしかかっていく17〜20の全四章は、わずか三〇分あまりの間におさまっている。章ごとに場面を切り替えて映し出される人びとの心の動揺のなかに、着々と絶望的帰結が近づく。この山場の静かな焦燥、慟哭《どうこく》をはらむ喪失感、あとにつづく深い虚脱の気配は圧巻というしかない。

『夜間飛行』が発表されたのは一九三一年である。その時点で「時間枠を限定し、多角的な描写をおこないつつ、展開速度を上げていく」という、はるか後のアメリカのサスペンス映像作品にみられるような技法を、この書き手はすでに実行していたことになる。サン＝テグジュペリが、当時の最新テクノロジーがもたらす未来的な速度感覚と時間感覚を深く身につけた、きわめて例外的な作家であったことがわかる。

なお午前〇時以前で時刻が言及されている場所は全編で一箇所しかない。社長のリヴィエールが散歩から戻る8章の場面である。「夜の一一時ちかくになって、ようやく気分もほっとしたので、事務所のほうへと足を向けた」。この文は、真夜中にむかう予鈴のように響く。作者は緊急事態の勃発にさきだって、戦闘指揮官を確実に前線に戻しているのである。

c　できごとの生起順と記述順の入れ替え

加速性や多角的な展開は進行感を高める効果的な手法ではあるが、同時に、それらを一つの流れとして集約する技術的な難しさを生む。しかもサン゠テグジュペリは二時間という厳しい限定枠をみずからに課した。するとその枠内における整合性も求められることになる。それらの課題はここで、じつに頭脳的な仕方で解決されている。提示部の全九章ができごとの生起順どおりの接続であるのに対し、展開部の全一二章は、しばしば大きく時間順を入れ替えて組まれているのである。ものごとが起きた順序と、ものごとが語られる順序とはいくつもの箇所で反転しており、たんなる並行章という扱いの範囲を大きく超える様相を呈している。

次の表にみるように、午前〇時から二時までの構成は巧みなトランプ手品を思わせるものがある。一二枚のカードはいったんシャッフルされたうえで重ねなおされ、作家の手が一枚ずつカードをめくるうち、着実に頂点が近づいてくる。物語はよどみなく流れていながら、各章の時間的整合性には矛盾がない。潔癖な解である。

サン＝テグジュペリはたんに知的遊戯を愉《たの》しんでいるのではない。この構造は主題を追い込み、力強く描き切るための周到なしかけとして機能している。

たとえば19章と20章の時間的な反転関係である。読者に墜落が告げられるのは20章である。しかし19章で、事故機は墜落したものとしてすでに使用不能機材に分類されている。複合的にみて20章より時間的に後である可能性が高い。だが、ここを時間順どおりにつなぐことは物語の力を殺す。妻が夫の生死を案じる19章が、読者に墜落を告げてしまったのちにあるのでは、緊迫感は読み手にとって大きく薄らぐ。前におくことで錯綜する複雑な感情が生き、待つしかないという苦しみが伝わる。そして事態が決する直前にこの苦悩の挿話があることで、墜落の喪失感はより強いものになった。ジッドも序文でふれているように19章は屈指の場面であるが、その効果は考え抜かれた創作的構造に支えられている。

『夜間飛行』午前0時から2時まで（かっこ内は時刻情報。あるいはその推定根拠）

概算時刻	上空	地上　ブエノスアイレス事務所	地上　各地
午前0時	12章　パタゴニア便、暴風雨に接近中。（「燃料はあと1時間40分しかもたない」→墜落確定時刻の午前1時40分から逆算、午前0時）		10章　欧州便のパイロット、ブエノスアイレス市内の自宅から出勤。月夜、星空。（「夜中の0時」）
		11章　リヴィエール、欧州便パイロットと面会。（時刻言及なし。内容上10章から継続）	
	15章　パタゴニア便、暴風雨のなか。（時刻言及なし。内容上12章から継続）		
	16章　パタゴニア便、雲海上空に出る。（時刻言及なし。内容上15章から継続、17章より前）		

午前1時10分		午前1時15分〜40分
13章 リヴィエール、パタゴニア便の救助を手配中。（「1時10分だ。欧州便に持たせる書類の準備はいいかね」）	18章 リヴィエール、黙想に沈む。（時刻言及なし。内容上17章から継続。14章と部分的に並行可能→午前1時10分〜30分）	14章 ファビアンの妻が事務所に電話をする。（「1時15分にはすべてのしたくが整って、夫に電話をする」「19時30分にコモドロを離陸しています」「コモドロを出てトレレウまで、もう6時間も飛んでいるということですか」→午前1時30分。妻はこの会話ののちリヴィエールと話し、自宅で倒れたらしい）
17章 コモドロ・リバダビアの無線局がパタゴニア便の打電を受信。（「燃料の残量は？」「あと半時間」→午前1時10分）		20章 バイアブランカとトレレウの無線局が、パタゴニア便の打電を受信。（17章の「20分後」→午前1時30分）パタゴニア便墜落確定。（「1時40分だ。燃料がつきた」）

		19章 ファビアンの妻が事務所を訪問。（時刻言及なし。内容上14章のあと。午前2時よりは前）	
午前2時		21章 リヴィエール、妻の退室後、社長室にこもる。欧州便離陸を指示。（「午前2時だ」）	

空間設定・人物造形

ドラマティックな時間設計のいっぽう、空間設定、人物造形においては次の二極構造がシンメトリカルな様式美をつくり出している。

a　夜の二極　満月の夜——嵐の夜

b　人の二極　上空の若い飛行士——地上の老いた支援者

a　夜の二極　満月の夜——嵐の夜

『夜間飛行』の夜は澄んだ満月の夜であり、かつ暴風雨の夜でもある。夜のもっとも透明な顔から不透明な顔までが、一つの夜に同時に出現するという自然のダイナミズムが人間を翻弄する。この夜の二極は、ありきたりの時間的変化によるものではなく空間的な二極性であるが、じつはこの感覚は一九世紀までの人間にはおそらく不可能なものである。作品が執筆された一九三〇年当時でも、通常の市民感覚では難しいだろう。これは三次元空間の上昇下降を含めた高速移動手段と、遠隔通信手段とが組み合わさることで初めて出現した遍在的な空間認識だからである。ここでは複数の遠距離空間が一つの生空間として結びついている。20章で、もはやどこにいるかわからない乗員のメッセージが無線を通じて地上に漏れ聞こえてくる場面は象徴的である。『夜間飛行』は二〇世紀以降、生身の身体の限界を大きく脱し始めてからの人類が持つ遍在的空間認識をいちはやく反映した異例の創作世界であり、その点でも未来的である。

またこの空間設定がなければ、これほど多彩な夜の描写はありえなかったろう。この短い作品中、作家は数十通りの表現を駆使して、夜の無限の相貌を描いている。そこには緯度・経度・高度の高速移動による劇的な空間変化、地形の差異が生む気象的多様性、時間的変化までが投入されていく。そしてその時空を生きる人間の感情の変化を通じて、夜は祝福の記号から死の記号までをまとう。サン゠テグジュペリの生来の詩的表現力はここで大きな成功をおさめているが、それを可能にした空間設定の成功も大きい。

b　人の二極　上空の若い飛行士――地上の老いた支援者

この二極の夜を生きる登場人物たちも、飛行士と地上勤務者の二群が対称的に配置されている。上空と地上という二極に配されたうちの一群は若く、一群は年配であり、攻撃人員と守備人員でもある。なにより人物造形の方針において普遍性・個人性という対称性を帯びている。

●上空の若い飛行士

この整然たるシンメトリーのなかで、とくに注目されるのはパイロットの造形手法である。サン゠テグジュペリはあれほど豊かに夜を描く筆力を持ちながら、主要な配役であるはずの若いパイロットたちの個性を積極的に描き分けていない。全部で四人のパイロットのうち、名前をあたえられている人物さえ二人だけである。淡い匿名的な造形を通じて、この四人はパイロットという一つの存在者の四つの位相を示している。彼らは飛行士として典型的な四つの瞬間において登場しているのである。

第一のパイロット——飛行中の姿（パタゴニア便・ファビアン）

第二のパイロット——任務を終えて、街に戻った姿（チリ便・ペルラン）

第三のパイロット——任務に向かい、離陸していく姿（欧州便・無名）

第四のパイロット——着陸し、飛行場で次便と交替する姿（パラグアイ便・無名）

「職業的飛行者」という像の表象を四人で分かち持っていると気づくと、パタゴニア便パイロットの妻、欧州便パイロットの妻という二人の女性像が非常に似通っている謎も解ける。「職業的飛行者の妻」の像を表象しているのである。

また四人のパイロットは、最もくわしく描かれる第一のパイロット、ファビアンを最前景として、第二、第三と、段階的に遠ざかり薄くなるグラデーションのように配されている。第一のパイロットが全五章に登場するのに対し、第二のパイロットは全四章、第三のパイロットは全三章、第四のパイロットは全一章と、順に登場回数が少なくなる。淡くなっていく三つの像は第一のパイロットの厚みであり、三重の影のように機能している。こうして後方の二人は名前すら消えてしまう。この独創的な手法を用いることで、サン゠テグジュペリはここで無数の匿名のパイロット、すなわちパイロットという存在者を様式的に、透明感を帯びた美しさで描き切ってみせた。そこには生身を離れた使者の聖性が漂っている。

さらに四人のパイロットは「飛行の四つの位相」も提示している。四人のフライトは第一のパイロットから段階的に、厳しかった飛行例から、やさしかった飛行例に至っているからである。すなわち「悪天候で墜落に至る例（パタゴニア便）」「悪天候を切り抜けて目的地に到着した例（チリ便）」「悪天候に出合って出発地に引き返した例（前回の欧州便）」「ほぼ順調に飛んだ例（パラグアイ便）」の四種類である。そして四例のなかで最も順調であった第四のフライトでも、エンジン不調による緊急着陸が含まれている（6章）。この作品に描かれたなかで、なんらかの困難をへなかったフライトはひとつもない。それが作者の示唆するパイロットの生であり、飛行の本質なのだろう。深く厳しい示唆である。

●地上の老いた支援者

いっぽう地上の人物群で名前をもつ人物は四人いる。社長リヴィエール、現場主任ルルー、監督官ロビノー、整備工ロブレである。上空群とは対照的に、彼らは一人ずつの個人的側面や身体性を示すという伝統的な描き分けの手法で造形されている。なかでも社長リヴィエールは全二三章のうち一四の章に登場しており、これは四人のパイロット全員をあわせた登場回数とほぼ同数である。上空の四人と地上の一人は、登場回数で拮抗する二極の主人公といえる。

ここまでみてきたように『夜間飛行』は整然とした様式性の高さと共に、きわめて強い求心力をそなえている。いっさいの弛緩をゆるさない張りつめた構造をみると、作品全体が、中核にあるリヴィエールの禁欲的な像と相似をなすよう仕上げられたとさえ思えてくる。

とはいえこの厳格な、ときに超人的にさえみえる人物に共感できるかどうかは『夜間飛行』の読者にとって大きな分かれ目になるかもしれない。作者の造形の真意を汲み取ることを目的に、最後にリヴィエールの言動を読解しておく。

リヴィエールは、作中で何回気分的に落ち込み、あるいは身体の不調に悩んでいるか――すくなくとも七回である。「疲労のあまりこみ上げてきたわびしさ」（2章）など、じつは作者はこの「老いた戦士」をごく人間的な人物として設定したと考えることができる。読み手の目に映るのは、生身の人間が、他者の生命を左右する判断を絶えず下しつづける重圧であり、くり返し自分を鼓舞することでようやく部下に弱みをみせずにいる、病を抱えた五〇歳の姿である。

とはいえ全編中、リヴィエールの判断で最も多くの読者を悩ませるのは、嵐のなかでパタゴニア便を失いながら、おなじ夜に欧州便を離陸させていることかもしれない。はたしてこの判断は妥当なのだろうか。

作者の意図を理解する手がかりは、全編に現われる「戦い」という比喩に求めることができる。夜間飛行をつづける行為そのものが継続的な戦いであり挑戦であったことは、現代と決定的に異なる点である。彼らが死にもの狂いで獲得した成果を、現代人は享受しているともいえるだろう。

この夜間飛行の挑戦相手は三つある。自然の脅威・人為的過誤・政治的雑音である。リヴィエールはそれぞれに全力で挑み、克服しようと最善をつくしてきた。しかしそれでもなお犠牲が生じてしまう。それがこの作品の状況設定である。

しかしそこで挑戦をやめることができるだろうか。たとえば城を築くために志願兵を募ったとする。築ける見通しがありながら、犠牲が出た時点で指揮官が撤退を命じるとしたら、それは仲間の犠牲を無にする撤退にほかならない。挑戦する手をゆるめることなく、いっそうの気概をもって目的を遂げる以外にはない。「戦い」あるいは「挑戦」という前提に立って作品の結末を読解するなら、ここでリヴィエールは正攻法の指示を出したと解釈できる。そして欧州便のパイロット——最高に大胆とされる飛行士——は不敵な笑いを浮かべて夜空へ飛び立っていくのである。

この挑戦における欧州便の勝機を作中の素材から読み解くことはある程度可能であるが、その読解はひかえておく。物語はここで終わっているからである。すべての挑戦にはかならず敗北と喪失の可能性がひそむ。それでも力をつくして突破を試みつづける姿勢のなかに生があるという思いが、ここで筆をおいた作者の真意ではないだろうか。問われているのは目先の勝敗ではない。人間は表面的な幼い勝ち負けを超えた遥かな目標をもてるという思い、夜間飛行の三つの挑戦を通じてその目標が見えてくるという思いが伝わる。そしてその目標を視界にとらえつづけることこそが、じつは最も難しい挑戦かもしれないのである。

リヴィエールにとっても、目標への歩みはどこまでも矛盾と犠牲をはらむ苦いものであり、最終的な正解はない。そのことを作者は全編にわたり示唆している。生身の人間が、混乱のさなかに自己を見失わず、最善をめざして歩みつづけたことそのものが勝利である――サン゠テグジュペリはそう告げて作品をしめくくっているようにみえる。そこにあるのは、ひとが全力で生きようとしている姿に捧げられた、深い愛と敬意ではないだろうか。

〈作品の背景〉

『夜間飛行』には「ディディエ・ドーラ氏に」という献辞が添えられている。ドーラは執筆当時のサン゠テグジュペリの上司にあたり、作家を職業的なパイロットとして育てた人物である。『夜間飛行』のリヴィエールのモデルとされ、サン゠テグジュペリは終生ドーラに深い信頼と尊敬を寄せていた。親しく交流をつづけながらも、長年「ムシュー・ドーラ」と敬称を添えて呼んでいたことが知られている。

ドーラ自身は第一次世界大戦でフランス空軍の名パイロットとして輝かしい戦歴を築いたのち、一九一九年、民間航空企業ラテコエール社（のちのアエロポスタル社）に入社した。当初はパイロットとして勤務し、まもなく開発部長として部下を率いるようになる。社は一九二〇年代を通じて発展しつづけ、フランスとアフリカを結ぶ路線を開発したのち南米大陸まで掌握範囲をのばしていく。

　こうした民間航空の発展の背景には、第一次世界大戦が終結した当時、フランス国内に多くの戦闘機が残され、パイロットが育っていたという事情があった。これらの人材、資材を活用して民間事業への転換がはかられたのである。郵便輸送の路線が開拓されていった時期は、飛行機の性能が急速に向上していった時期とも重なる。当時のフランスは飛行事業と飛行機の製造技術において世界の先端にあり、ラテコエール社もジャン・メルモーズ、アンリ・ギヨメといった名だたるパイロットを擁していた。

　サン＝テグジュペリは一九二六年に、当時のラテコエール社事務所でドーラの面接を受け、パイロットとして採用されている。本社のおかれたトゥールーズで整備作業に始まる厳しい訓練をへたのち、郵便機のパイロットとして活動を開始した。トゥールーズ－カサブランカ路線、カサブランカ－ダカール路線などで勤務し、サハラ砂漠のキャップ・ジュビー（ジュビー岬）に飛行場長として配属される。

　サン＝テグジュペリは当初『夜間飛行』の舞台として、このアフリカのカサブランカーダカール路線を構想していたと考えられる。つぎのような草案が残されているからである。

「パリ。役人たち、大臣、行政官たち。南方航路の就航が決定されたところ。トゥールーズ。調査を命じる簡略な電報。〝カサブランカ＝ダカール路線を調査し、三月一五日に就航せよ〟。地図をまえに一同騒然となる。チーフパイロット、その他」。

またこのアフリカ構想の段階では、主人公ファビアンを老いた人物として描いている。「サハラ砂漠では、砂まじりの熱風が海岸に向かって吹きつける。大気はほとんど、老いたパイロット（ファビアン）が指でさわれる物体のようになっていた」。

作品の舞台が南米アルゼンチンに移ったことは、サン＝テグジュペリ自身が一九二九年にアエロポスタル・アルゼンチン社の社長としてブエノスアイレスに赴任したことと無関係ではないだろう。その前年の四月には、チーフパイロットのメルモーズがリオ－ブエノスアイレス間ではじめての夜間飛行をおこなっている。サン＝テグジュペリはこの地の路線開発に参加して、統括責任者の地位につくと同時に夜間の操縦にも参加した。小説『夜間飛行』は、サン＝テグジュペリがメルモーズから引きついで開発に力をそそいだパタゴニア路線を主体とする内容に変化し、ファビアンは青年の姿となっていく。

この南米時代、一九三〇年五月には僚友のパイロット、エリゼ・ネグランが墜落し、水没して亡くなっている。翌六月にはギヨメがアンデス山脈に不時着、遭難した。苦難のすえに生還をとげたが、ギヨメは凍った山中を歩きながら、結婚してまもない妻が保険金を無事に受け取れるよう、遺体がみつかる場所までは移動しようと考えたという。

現場の過酷さと死の影を色濃く映しながらも『夜間飛行』はあくまでフィクションである。そのことは、たとえば作中に描かれたファビアンの機が、きわめてリアルな小型機の機体感をもちながら重量や馬力においては大型機に近い架空の仕様であることからもわかる。現実にアエロポスタル社が一九三一年以前に採用していたとされる一六機種のなかに、完全にあてはまる機体はない。また当時の飛行機の巡航速度でサンフリアン－ブエノスアイレス間を作中の時間で航行することは非常に難しい。『夜間飛行』はサン＝テグジュペリが参加していた民間飛行の黎明期を一夜に結晶させた、屈指のファンタジーなのである。

こうして現在のかたちに仕上がった作品が出版された。しかしこの時期アエロポスタル社は収賄や政界癒着などの疑惑を取り沙汰され、最終的には事実上の倒産をへてのちにエールフランス社となる会社に合併されることになる。いわゆる「アエロポスタル事件」である。このため『夜間飛行』を出版した翌年、サン＝テグジュペリは職を失った。清廉なディディエ・ドーラもスキャンダルの渦中におかれ、彼をかばったとみなされたサン＝テグジュペリと『夜間飛行』は、文学的評価のいっぽうで誤解の嵐に巻き込まれたといわれる。当時のサン＝テグジュペリの手紙には深い失意と苛立ちがにじんでいる。だが見方を変えれば、フランスの民間航空開発の勢いが衰退していく歴史的転機となったこの事件が勃発し、状況が急変する前に『夜間飛行』が書き上げられていたことは運命的な幸運でもあった。

一九三〇年代に入ると飛行機の性能や外観、安全性もさらに大きく変化を遂げ、もはや黎明期は完全に終わりを告げる。いっぽう作品発表後のサン＝テグジュペリは生活の糧を求めて不安定な身分のテストパイロットやルポルタージュの執筆に活動を移し、次作『人間の大地』を発表するまでに八年の歳月を数えることになるのである。

解説・年譜　参考文献

●引用

Antoine de Saint-Exupéry, *On étudie la nuit qui se prépare, Fragment de Vol de nuit*, de Antoine de Saint-Exupéry, *Autour de Courrier Sud et de Vol de nuit*, Gallimard, 2007.

Antoine de Saint-Exupéry, *L'ouverture de la ligne, Une ébauche*, ibid.

●おもな参照

Antoine de Saint-Exupéry, *Œuvres complètes*, tome 1, Gallimard, 1994.

Antoine de Saint-Exupéry, *Œuvres complètes*, tome 2, Gallimard, 1999.

Antoine de Saint-Exupéry, *Night Flight*, translated by Stuart Gilbert, Harcourt, 1932.

Antoine de Saint-Exupéry, *Nachtflug*, übersetzt von Hans Reisiger, Fischer Taschenbuch Verlag, 2009.

Simone de Saint-Exupéry, *Cinq enfants dans un parc*, Gallimard, 2002.

Didier Daurat, *Vu par celui qui inspira Vol de nuit*, de René Marill Albérès et al., *Saint-*

Exupéry, Collection Génies et réalités 17, Hachette, 1963.
Nathalie Des Vallières, *Saint-Exupéry - L'archange et l'écrivain*, Gallimard, 1998.
Stacy Schiff, *Saint-Exupéry - A Biography*, Knopf, 1994.
J.M. Bruce and Jean Noël, *The Breguet 14*, Profile Publications, 1967.
Aéropostale, http://www.aeropostale.fr/
Aeroflight, http://www.aeroflight.co.uk/
Virtual Aircraft Museum, http://www.aviastar.org/
Le Petit Prince, Gallimard, http://www.gallimard.fr/petitprince2006/
Antoine de Saint-Exupéry, Le site officiel, http://www.antoinedesaintexupery.com/
『サン＝テグジュペリ著作集』1〜11・別巻、山崎庸一郎訳、みすず書房（一九八三〜九〇）
『ちいさな王子』サン＝テグジュペリ、野崎歓訳、光文社古典新訳文庫（二〇〇六）
『サン＝テグジュペリの生涯』ステイシー・シフ、檜垣嗣子訳、新潮社（一九九七）
『サン＝テグジュペリ』ルネ・マリル・アルベレス、中村三郎訳、水声社（一九九八）
『永遠の星の王子さま』ジョン・フィリップス、山崎庸一郎訳、みすず書房（一九九四）
『サン＝テグジュペリの世界』リュック・エスタン、山崎庸一郎訳、岩波書店（一九九〇）

『空を耕すひと　サン＝テグジュペリの生涯』上下、カーティス・ケイト、山崎庸一郎・渋沢彰訳、番町書房（一九七四）
『サン＝テグジュペリ』アンドレ・ドゥヴォー、渡辺義愛訳、ヨルダン社（一九七三）

サン＝テグジュペリ年譜

一九〇〇年

六月二九日、アントワーヌ・ジャン＝バティスト・マリー・ロジェ・ド・サン＝テグジュペリ（Antoine Jean-Baptiste Marie Roger de Saint-Exupéry）フランスのリヨンに生まれる。父はジャン・ド・サン＝テグジュペリ伯爵、母マリーはフォンコロンブ男爵家の出身。アントワーヌは当時三歳の長女マリー＝マドレーヌ、二歳の次女シモーヌにつづく第三子で長男。こののち二歳下に弟フランソワ、三歳下に妹ガブリエルが生まれた。

一九〇四年　四歳

三月、父ジャンが脳卒中により四一歳で急死する。一家の資産は少なかったが、こののち大叔母トリコー伯爵夫人の経済的支援により、夫人所有のサン＝モーリス・ド・レマンスの優雅な城館、母の実家ラ・モールの城館、リヨンの広いアパルトマンなどで暮らすことができた。母マリーは優しく愛情深い女性で、サン＝テグジュペリはおとぎ話のように幸福な子供時代を送った。

一九〇九年　九歳
ル・マンに転居。サン＝テグジュペリはリヨンのカトリック系学校から、イエズス会が運営するノートルダム・ド・サント＝クロワ学院（聖十字架学院）に転校する。弟フランソワと二人でよく機械いじりに熱中した。

一九一二年　一二歳
夏休み、母には禁じられていたが、サン＝モーリス近くのアンベリュー飛行場で飛行機に乗せてもらう。上空を二周する初飛行に歓喜。

一九一四年　一四歳
弟フランソワとノートルダム・ド・モングレ学院に転校。利発であったが、いわゆる優等生ではなかった。

一九一五年　一五歳
スイスのフリブールにある豪奢な全寮制男子校、聖ヨハネ学院に転校。翌年、文系のバカロレア（大学入学資格試験）前半に合格。ラテン語の小論文は「隣りの少年の分までやった」と母に報告している。

一九一七年　一七歳
夏、当時一五歳の弟フランソワが関節性リューマチ炎で死去。サン＝テグジュペリは長年この死を語ることがなく、それほど深い傷を残したといわれる。この年、文系バカロレア後半に合格。しかし理系の難関校である海軍士官学校への進学を望む。パリのエリート校、サン＝ルイ高校へ転校して受験の準備をし、試験に二度挑戦した。筆記に通りながら口頭試問で落ち、年齢制限により断念。

一九一九年　一九歳
大叔母トリコー伯爵夫人死去。サン＝テグジュペリたち兄弟が愛着をもっていたサン＝モーリス・ド・レマンスの城館は母マリーに受け継がれ、一家の拠点でありつづけた。

一九二一年　二一歳
二年間の兵役につく。ストラスブールの第二航空連隊に地上勤務員として配属されたが、パイロットとしての勤務を望んだサン＝テグジュペリは自費で高額のレッスンを受けて民間の飛行免許を取得、パイロット候補生となった。経済的に余裕のなかった母マリーは息子の希望をかなえるため借金をしてレッスン代を工面した。

一九二三年　二三歳
一月、ル・ブールジェ飛行場上空で高度九〇メートルから墜落事故、全身打撲の重傷を負う。除隊してタイル製造企業のボワロン社に勤務するものの、なじめず。遠縁の富裕な貴族の令嬢で、社交界の花といわれたルイーズ・ド・ヴィルモランと婚約していたが、両家の経済状態の格差もあり破談になる。

一九二四年　二四歳
自動車企業ソレ社に再就職。セールス勤務でさんざん苦労し、ようやくトラックを一台売る。

一九二五年　二五歳
このころ「踊り子マノン」などを執筆。のちに『南方郵便機』におさめられる断片なども書いていた。

一九二六年　二六歳
四月、短篇「飛行士」が「ル・ナヴィール・ダルジャン（銀の船）」誌に掲載され、作家としてデビュー。アエリエヌ・フランセーズ社（フランス航空社）で遊覧飛行機のパイロットとして臨時採用される。六月、姉のマリー＝マドレーヌ死去。一〇月、ラテコエール郵便航空社（のちのアエロポスタル社）事務所でディディエ・ドーラの面接を受け、パイロットとして採用される。

一九二七年　二七歳
郵便機を操縦し、トゥールーズ－カサブランカ路線、カサブランカ－ダカール路線などで勤務。よく飛行中に絵を描いていた。一〇月、サハラ砂漠のキャップ・ジュビー（ジュビー岬）に到着、飛行場長として勤務する。危険な現地情勢のなかでリーダーとしての天分が開花、飛行機事故や人質事件のたびに同僚の救出に活躍して頼りにされる。天性の交流センスで現地のムーア人からも絶大な信頼を得た。

一九二八年　二八歳
四月、アエロポスタル社のチーフパイロット、ジャン・メルモーズが南米リオ－ブエノスアイレス間ではじめての夜間飛行をおこなう。

一九二九年　二九歳
七月、第一長篇『南方郵便機』がフランスのガリマール社から刊行される。サン＝テグジュペリは初刊本を胸に抱きしめていたという。一〇月、ブエノスアイレスに到着、アエロポスタル・アルゼンチン社の社長として赴任。みずからも夜間運航業務に参加し、パタゴニア路線の開発などに力をそそいだ。

一九三〇年　三〇歳
おもにこのころ『夜間飛行』を執筆。五月、僚友のパイロット、エリゼ・ネグランと技師のジュリアン・プランヴィルがモンテビデオ付近で墜落、水没して死去。六月、僚友のパイロット、アンリ・ギヨメがポテーズ25型機でアンデス山脈に不時着、遭難。自力で奇蹟的な生還をはたす。

一九三一年　三一歳
「結婚できる男になりたい」と母に手紙で書いていたサン＝テグジュペリは、高給を得て社会的に成功していたこの年、アルゼンチン女性コンスエロ・スンシンと結婚。つづいて『夜間飛行』をガリマール社から刊行。同作で一二月にフェミナ賞を受賞。

一九三二年　三二歳
アエロポスタル社の紛糾で失職。貯蓄や倹約の習慣を持つには育ちがよすぎたサン＝テグジュペリはただちに生活の糧を得る必要にせまられた。このころ実家も経済的困難のため、子供時代をすごしたサン゠モーリス・ド・レマンスの城館が売却され、衝撃を受ける。

一九三三年　三三歳
水上機のテストパイロットとして勤務。一二月、南仏サン゠ラファエルでテスト飛行中に水没事故、あやうく命を落としかける。テストパイロットを辞す。

一九三四年　三四歳
エールフランス社の宣伝部に一時的に雇用される。七月、サイゴンに向けて長距離飛行をおこなう途中でメコン川に不時着。

一九三五年　三五歳
春、「パリ・ソワール」紙特派員としてモスクワに滞在し、ルポルタージュを執筆。好評を博す。おなじころ映画脚本『アンヌ゠マリー』を執筆。この年、ルノーの最新型小型機コードロン630シムーンを購入。一二月、同機で賞金一五万フランのパリ‐サイゴン間・時間短縮飛行に挑戦するがリビア砂漠に墜落。この体験はのちに小説『人間の大地』などに反映された。機は大破し、「なぜ生きているのか説明がつかない」サン゠テグジュペリは整備士のアンドレ・プレヴォーと共に砂漠を放浪、奇蹟的に生還。この間、生存を絶望視したフランス外務省は二つの柩を手配していたといわれる。

一九三六年　三六歳
八月、「ラントランジャン」誌特派員としてカタロニアでスペイン内戦を取材、ルポルタージュを執筆。自作『南方郵便機』の映画脚本を執筆。撮影では、危険すぎるという理由でスタントのパイロットが拒絶した場面で代わりにラテコエール28型機を操縦した。脚本を担当した映画『アンヌ＝マリー』も封切られたものの、酷評。一二月、かつての同僚メルモーズ、南大西洋上で消息を絶つ。この年『城砦』冒頭を書く。真赤な機体の二機めのシムーン機を入手して喜ぶ。

一九三七年　三七歳

四月「パリ・ソワール」紙特派員としてて再度スペイン内戦を取材。パリ万国博覧会に際しては、高さ六〇メートルの塔からパラシュートで落下してみせた。これほど怖かったことはないという。この年、無線航法システムなど数点の特許を申請。

一九三八年　三八歳

二月、ニューヨーク－フエゴ島間の長距離飛行にシムーン機で挑戦。グアテマラで離陸に失敗して機は大破、整備士のアンドレ・プレヴォーと共に過去最悪の重傷を負う。サン＝テグジュペリの左腕はあやうく切断をまぬがれたものの、重い後遺症がのこった。五月、フランスに戻る。静養をかねて各地を移りながら新聞などへの寄稿をおこない、それらをもとに『人間の大地』を仕上げていく。

一九三九年　三九歳

一月、レジオン・ドヌール勲章オフィシエ章を受勲。三月、ガリマール社から『人間の大地』を出版。五月、同作でアカデミー・フランセーズ小説大賞を受賞。英語版もベストセラーを記録、それまでの経済的問題から解放される。九月、フランスの対独宣戦にともなって召集される。年齢への配慮と健康診断の結果、操縦指導員として配属されるが不満。複数のつてを通じて前線への配属を熱望し、一二月、シャンパーニュ地方に駐留中の空軍偵察部隊33－2に配属される。情報局長官で作家のジャン・ジロドゥから宣伝局への入局を要請されるが、これを断り前線に残る。

一九四〇年　四〇歳

一月、『人間の大地』英訳版が全米図書賞を受賞。六月、前線での献身的なはたらきにより戦功十字勲章を受勲。同月、パリ陥落。軍役を解除され、『戦う操縦士』などの執筆に入る。一一月、かつての僚友パイロット、ギヨメが地中海上空で撃墜されて死去。一二月、ドイツ軍占領下のフランスを離れて一人で渡米。船上で映画監督ジャン・ルノワールと知り合う。

一九四一年　四一歳

一月、ニューヨークに居をかまえる。滞米中は、当時のフランス人を政治的に二分していたヴィシー派とドゴール派の対立に巻き込まれ、両派からの陰険な糾弾に苦しむ。たび重なる墜落事故などにより悪化しつづけてきた体調も限界に達し、ひんぱんに高熱をくりかえす。手術を受けるが劇的な改善は得られないまま『戦う操縦士』『城砦』などの執筆をつづける。

一九四二年　四二歳

二月『戦う操縦士』の英語版を刊行、ベストセラーとなる。一一月「フランス人への手紙」を「ニューヨーク・タイムズ」に掲載。同月『戦う操縦士』のフランス語版を刊行。翌月、ドイツ軍占領下のフランス政府から反社会的内容とみなされて発禁処分となる。のちに「この愚劣な戦争を開始したヒトラー」という一文を削除することを条件に再刊された。

一九四三年　四三歳

フランス空軍への復帰を画策。四月『ちいさな王子』英語版・フランス語版をアメリカで刊行。六月『ある人質への手紙』をアメリカで刊行。体は、かがむだけで痛みが走る状態だったが、まもなく偵察部隊33－2に復帰。八月、搭乗した最新鋭機を着陸時に破損、前線勤務を解かれる。

一九四四年　四四歳

二月「ある人質への手紙」をアルジェリアの「ラルシュ」誌に転載。五月、偵察機乗務への復帰が許可され、サルディーニャ島アルゲーロ基地に赴任する。七月、所属部隊33－2はコルシカ島ボルゴ基地に移動。七月三一日の朝、同基地から偵察写真撮影のためにロッキード機で離陸、消息を絶つ。一二月『ある人質への手紙』がガリマール社から刊行される。

一九四八年
三月『城砦』が未完のままガリマール社から刊行される。

一九五五年
ルイジ・ダラピッコラ作のオペラ『夜間飛行』がシャンゼリゼ劇場で上演される。

一九九八年
九月、地中海マルセイユ沖で漁船の網からブレスレットが発見される。ニューヨークの出版社名とサン゠テグジュペリの名、妻の名が記されていた。

二〇〇三年
マルセイユ沖の海中から、歳月をへた機体の残骸が発見され、サン゠テグジュペリの搭乗機であったことが確認される。

二〇〇八年
第二次世界大戦中ドイツ空軍に所属していた元パイロットが、一九四四年七月三一日にマルセイユ沖上空でロッキード機を撃墜したと証言。

訳者あとがき

『夜間飛行』では、ごくふつうの言葉だけで書かれている箇所であっても、まったく独創的な視界が開けていきます。その驚きをなんとかして伝えたくて、全編を祈る思いで訳しました。

とはいえ濾過されきった簡素さの奥にあるものを捉えることがひどく難しいと感じ始めたとき、原著の刊行からほどなく英訳を手がけた高名な翻訳者がまったく同じように感じてジェイムズ・ジョイスに助力をあおいだと読み、驚くと同時に、やはりと思いました。サン゠テグジュペリを訳すときは、読解の深さと、解釈を表現する瞬発力のすべてが問われるのだと悟りました。

そう思いながら訳していると、かつて学部生のころ、テクスト読解と翻訳の方法論についてフランス人の教授とくり返し交わした議論がつぎつぎによみがえってきました。ここでこの構文をこう移すことはどのように妥当であるのか――。この接続詞の言語的水準は――。ときおり夢にまで議論がよみがえってきて眠りのなかで励まされ、そのまま目がさめて笑ったことがいくどかあります。

訳し終えてみて、今回は訳註を断念しました。ここは註がないとわかりにくいのではと心配するよりも、つけたほうが訳者の気持ちはずっと楽です。ですがこの作品の特別な集中力と、その結界のような時空を築くことに渾身の力をそそいだ作者の完全主義を考えると、どのような目的であれ外部の音をすべり込ませることはゆるされないと思いました。かわりに、飛行機の写真と地図を冒頭に掲げていただくことにしました。

解説がやや長くなったことをおわびします。冒頭の〈作品と作者の輪郭〉だけをお読みいただければ、だいたいのことがわかるようになっていますので、あとはどうぞお気がむいたときにお読みください。

作品の時間設定やパイロットの造形手法などは訳していく途中で気づいたことです。サン゠テグジュペリの思考の緻密さに唖然としました。章同士の関係などは、深く考えていくとまた異なる読解が可能だと思います。何通りもの解釈に耐える作品で、推理小説のように読み込んで愉しむこともできる、そのきっかけにしていただければ幸いです。

なお翻訳にあたってはAntoine de Saint-Exupéry, *Vol de nuit*, Gallimard, 1931を底本とし、あわせて次の版を参照しました。

Antoine de Saint-Exupéry, *Œuvres complètes*, tome 1, Gallimard, 1994.

Antoine de Saint-Exupéry, *Vol de nuit*, Collection Folio, Gallimard, 2007.

すばらしい作品をわたしに委ねてくださった光文社翻訳編集部のみなさま、ほんとうにありがとうございました。

サン゠テグジュペリの透明な時空がひとりでも多くのかたの胸に残ることを、ただ願っています。

kobunsha classics
光文社古典新訳文庫

夜間飛行《やかんひこう》

著者 サン=テグジュペリ
訳者 二木《ふたき》 麻里《まり》

2010年7月20日 初版第1刷発行
2021年10月30日 第6刷発行

発行者 田邉浩司
印刷 萩原印刷
製本 ナショナル製本

発行所 株式会社光文社
〒112-8011東京都文京区音羽1-16-6
電話 03(5395)8162(編集部)
03(5395)8116(書籍販売部)
03(5395)8125(業務部)
www.kobunsha.com

落丁本・乱丁本は業務部へご連絡くだされば、お取り替えいたします。
ISBN978-4-334-75207-1 Printed in Japan

いま、息をしている言葉で、もういちど古典を

長い年月をかけて世界中で読み継がれてきたのが古典です。奥の深い味わいある作品ばかりがそろっており、この「古典の森」に分け入ることは人生のもっとも大きな喜びであることに異論のある人はいないはずです。しかしながら、こんなに豊饒で魅力に満ちた古典を、なぜわたしたちはこれほどまで疎んじてきたのでしょうか。

ひとつには古臭い教養主義からの逃走だったのかもしれません。真面目に文学や思想を論じることは、ある種の権威化であるという思いから、その呪縛から逃れるために、教養そのものを否定しすぎてしまったのではないでしょうか。

いま、時代は大きな転換期を迎えています。まれに見るスピードで歴史が動いていくのを多くの人々が実感していると思います。

こんな時わたしたちを支え、導いてくれるものが古典なのです。「いま、息をしている言葉で」――光文社の古典新訳文庫は、さまよえる現代人の心の奥底まで届くような言葉で、古典を現代に蘇らせることを意図して創刊されました。気取らず、自由に、心の赴くままに、気軽に手に取って楽しめる古典作品を、新訳という光のもとに読者に届けていくこと。それがこの文庫の使命だとわたしたちは考えています。

このシリーズについてのご意見、ご感想、ご要望をハガキ、手紙、メール等で翻訳編集部までお寄せください。今後の企画の参考にさせていただきます。
メール　info@kotensinyaku.jp

光文社古典新訳文庫　好評既刊

恐るべき子供たち
コクトー
中条 省平
中条 志穂 訳

十四歳のポールは、姉エリザベートと「ふたりだけの部屋」に住んでいる。ポールが憧れるダルジュロスとそっくりの少女アガートが登場し、子供たちの夢幻的な暮らしが始まる。

ちいさな王子
サン=テグジュペリ
野崎 歓 訳

砂漠に不時着した飛行士のぼくの前に現われた不思議な少年。ヒツジの絵を描いてとせがまれる。小さな星からやってきた、その王子と交流がはじまる。やがて永遠の別れが…。

海に住む少女
シュペルヴィエル
永田 千奈 訳

大海原に浮かんでは消える、不思議な町の少女の秘密を描く表題作。ほかに「ノアの箱舟」、イエス誕生に立ち合った牛を描く「飼葉桶を囲む牛とロバ」など、ユニークな短編集。

赤と黒（上・下）
スタンダール
野崎 歓 訳

ナポレオン失脚後のフランス。貧しい家に育った青年ジュリヤン・ソレルは、金持ちへの反発と野心から、その美貌を武器に貴族のレナール夫人を誘惑するが…。

女の一生
モーパッサン
永田 千奈 訳

男爵家の一人娘に生まれ何不自由なく育ったジャンヌ。彼女にとって夢が次々と実現していくのが人生であるはずだったのだが……。過酷な現実を生きる女性をリアルに描いた傑作。

光文社古典新訳文庫　好評既刊

三つの物語
フローベール
谷口亜沙子 訳

無学な召使いの一生を描く「素朴なひと」、聖人の数奇な運命を劇的に語る「聖ジュリアン伝」、サロメの伝説に基づく「ヘロディアス」。フローベールの最高傑作と称される短篇集。

ひとさらい
シュペルヴィエル
永田　千奈 訳

貧しい親に捨てられたり放置された子供たちをさらい自らの「家族」を築くビグア大佐。だが、とある少女を新たに迎えて以来、彼の「親心」は、それとは別の感情とせめぎ合うようになり……。

シラノ・ド・ベルジュラック
ロスタン
渡辺　守章 訳

ガスコンの青年隊シラノは詩人にして心優しい剣士だが、生まれついての大鼻の持ち主。従妹のロクサーヌに密かに想いをよせるが…。最も人気の高いフランスの傑作戯曲！

アドルフ
コンスタン
中村　佳子 訳

青年アドルフは伯爵の愛人エレノールに言い寄り彼女の心を勝ち取る。だが、エレノールが次第に重荷となり…。男女の葛藤を心理描写のみで描いたフランス恋愛小説の最高峰！

青い麦
コレット
河野万里子 訳

幼なじみのフィリップとヴァンカ。互いを意識しはじめた二人の関係はぎくしゃくしている。そこへ年上の美しい女性が現れ……。奔放な愛の作家が描く〈女性心理小説〉の傑作。